Nuo

CW01558781

© 1957 Giulio Einaudi editore s.p.a., Torino

Impostazione grafica di copertina: Federico Luci

ISBN 88-06-41228-0

Natalia Ginzburg
Sagittario

Einaudi

Sagittario

Mia madre aveva comprato una casa in un sobborgo della città. Era una casetta a due piani, cintata d'un giardino incolto e umido. Di là dal giardino c'erano degli orti di cavoli, e di là dagli orti i binari della ferrovia. Il giardino, in quel mese d'ottobre, era tutto tappezzato di foglie fradice.

La casa aveva stretti balconcini di ferro, e una scaletta esterna che scendeva in giardino. Nelle quattro stanze del primo piano, e nelle sei stanze del piano di sopra, mia madre aveva disposto le poche cose che aveva portato da Dronero: gli alti letti di ferro cigolanti e gementi, con le pesanti trapunte di seta fiorata; certe seggioline imbottite, con una gonnellina di mussola; il pianoforte; la pelle di tigre; una mano di marmo posata su un cuscinetto.

Insieme a mia madre, eran venuti a vivere in città mia sorella Giulia e il marito, la figlia undicenne della nostra cugina Teresa che doveva fare il ginnasio, un barboncino bianco di pochi mesi e la nostra serva Carmela, una ragazza torva, spettinata e sbilenca, che si struggeva dalla nostalgia e passava i pomeriggi appostata alla finestra della cucina, scrutando l'orizzonte nebbioso e le lontane colline, dietro le quali s'immaginava ci fosse Dronero, la sua casa e il suo vecchio padre seduto sulla porta, con il mento appoggiato sul bastone a imprecare e a farneticare.

Per comperare quella casa in città, mia madre aveva venduto certi terreni che ancora possedeva fra Dronero e San Felice, e si era litigata con tutti i parenti, i quali erano contrari a quella vendita e alla divisione della proprietà. Ma mia madre carezzava l'idea di lasciare Dronero da alcuni anni, subito dopo ch'era morto mio padre aveva preso a pensarci, e ne parlava a tutte le persone che incontrava e scriveva lettere su lettere alle sue sorelle in città, perché l'aiutassero a cercare un alloggio. Le sorelle di mia madre, che abitavano in città da molto tempo e avevano un piccolo negozio di porcellane, non erano troppo contente di quel suo progetto e nutrivano un vago timore di doverle prestare dei soldi. Avare e timide, le sorelle di mia madre soffrivano acerbamente a questo pensiero, ma sentivano che non avrebbero avuto la forza di rifiutare il prestito. La casa, mia madre se l'era trovata da sola, in mezz'ora, un pomeriggio ch'era venuta in città. E immediatamente dopo che ne aveva trattato l'acquisto, s'era avventata come un cinghiale al negozio e aveva chiesto un prestito alle sue sorelle, perché il denaro ricavato dalla vendita di quei terreni non poteva bastarle. Mia madre, quando voleva chiedere un favore, prendeva un fare ruvido e distratto. Cosí le sorelle dovettero sborsarle una somma, che non avevano nessuna speranza di rivedere mai.

Poi le sorelle di mia madre soffrivano per un altro timore: che mia madre, venendo a trasferirsi in città, si mettesse in testa di aiutarle al negozio. E anche questo era puntualmente avvenuto. Il giorno dopo ch'era

4

sbarcata in città, con le valigie, i letti e il pianoforte, mia madre aveva piantato in asso Carmela, intontita e stravolta, nella nuova casa fra la segatura e la paglia, e impellicciata, col berretto storto sugl'ispidi capelli grigi e la sigaretta tra le dita inguantate, passeggiava avanti e indietro per il negozio, dava ordini al fattorino e trattava con i clienti. Desolate, le sue sorelle s'erano rifugiate nel retrobottega e sospiravano ascoltando il battito imperioso dei suoi altissimi tacchi. Erano tanto avvezze l'una all'altra, che non avevan bisogno di molte parole e un sospiro bastava. Vivevano insieme loro due da piú di vent'anni, nella penombra di quel vecchio negozio visitato da poche clienti fedeli, signore anziane con le quali s'intrattenevano a volte in una breve conversazione quasi amichevole, un sussurro sommesso, fra una guantiera e un servizio da tè. Erano tutt'e due beneducate e timide, e non osavano dire a mia madre che la sua presenza le turbava e le indisponeva, e che anche si vergognavano un poco di lei, dei suoi modi bruschi e della sua pelliccia spelacchiata e vistosa.

Rientrando in casa, mia madre sbuffava di fatica e gemeva sul disordine che aveva trovato al negozio, e si strappava le scarpe dai piedi e stava un pezzo con i piedi in aria stropicciandosi le caviglie e i polpacci, perché in tutto il giorno non s'era seduta un momento, e gemeva su quelle sue sorelle che in vent'anni non avevano ancora imparato a tenere un negozio, e a lei le toccava aiutarle senza beccare una lira, e gemeva perché era sempre stata troppo generosa e troppo stupida, sempre si era prodigata per tutti senza mai pensare a se stessa.

Io abitavo in città da tre anni. Frequentavo ora il terzo corso dell'università di lettere, dividevo una stanza con un'amica e davo lezioni private. Nelle ore perse, facevo anche da segretaria di redazione d'una rivista mensile. Tra una cosa e l'altra, tiravo avanti e mi mantenevo da sola. Sapevo che mia madre, venendo a stabilirsi in città, aveva detto a tutti che ci veniva piú che altro per stare accanto a me, per vigilare un poco su di me, per vedere che andassi ben coperta e mi nutrissi bene. E poi a una ragazza sola in una città, potevan succedere ogni sorta di cose. Fin da quando aveva comprato la casa, mia madre m'aveva mostrato la stanza che contava dare a me. Ma io subito le avevo risposto abbastanza recisamente che intendevo seguitare a vivere con la mia amica e non pensavo a rientrare in famiglia. D'altronde, quella casa era troppo lontana e ci voleva un'ora per raggiungere il centro. Mia madre non aveva insistito. Ero fra le poche persone che riuscivano a intimidirla. Non osava mai opporsi alle mie decisioni. Tuttavia aveva voluto ugualmente che nella casa ci fosse una stanza per me. Potevo venirci a dormire quando mi faceva comodo. Io ci dormivo infatti qualche volta, la sera del sabato. Al mattino, mia madre mi veniva a svegliare portandomi su un vassoio un uovo al tegame e una tazza di caffè. Mentre mangiavo l'uovo, mi osservava soddisfatta. Aveva sempre paura che io non mi nutrissi abbastanza. Seduta sul mio letto, con una vestaglia nuova di seta fiammante, con i capelli stretti in una reticella e la faccia spalmata d'una crema densa che sembrava burro, mia madre mi parlava dei suoi progetti. Di progetti lei ne aveva tanti. Ne aveva anche per i poveri della parrocchia. Questa era un'espressione che usava spesso. Prima di tutto dunque lei voleva convincere le sue sorelle a darle una cointeressenza sul negozio. Perché in fondo non era giusto che si strapazzasse ad aiutarle senza beccare una lira. Mi faceva vedere come a star sempre in piedi lí al negozio le si erano gonfiate le caviglie. Poi voleva mettere su una piccola galleria d'arte. La differenza fra questa sua galleria d'arte e le altre già esistenti in città, era che ogni pomeriggio alle cinque lei avrebbe offerto ai visitatori una tazza di tè. Era incerta se offrire o no col tè anche dei dolcetti. Si potevano fare certi dolcetti rustici che costavano poco ed eran buoni, con la farina gialla e l'uva passa. Di farina gialla ne aveva tanta a Dronero, in cantina dalla cugina Teresa. Ne aveva anche per i poveri della parrocchia. E avrebbe chiesto in prestito alle sue sorelle qualche bella guantiera. C'erano al negozio certe belle guantiere di tipo francese, che nessuno comprava e facevano pena tutte polverose, e mia madre era convinta che le sue sorelle non facevano grandi affari perché la roba che avevano non la sapevano valorizzare, e se lei realizzava quel progetto della galleria d'arte, avrebbe anche potuto valorizzare certi oggettini che giacevano dimenticati da tempo immemorabile in fondo al retrobottega; qua avrebbe messo un vaso di cristallo pieno di crisantemi, là un orso di porcellana che reggeva una lampada, e con tutti i visitatori avrebbe portato il discorso su quel negozio delle sue sorelle, e gli avrebbe procurato clienti, e loro non si sarebbero potute piú rifiutare a darle quella cointeressenza. Non appena ottenuta la cointeressenza, avrebbe preso lezioni di guida e si sarebbe

7

comprata una piccola utilitaria, perché era stufa d'aspettare il tram.

La galleria d'arte, diceva, sarebbe stata anche una distrazione per mia sorella e per me. Sarebbe stata una buona occasione di conoscenze e d'incontri. Io non dovevo avere molte conoscenze in città, mi diceva scrutandomi. Non le risultava che io avessi molti appuntamenti e amici. Mi vedeva sempre una faccia corrucciata e stanca. Lei avrebbe voluto vedere un'espressione piú animata sulla mia faccia: l'espressione di una ragazza di ventitre anni, di una ragazza che ha tutta la vita davanti a sé. Aveva molto piacere che io studiassi bene e che io fossi tanto giudiziosa e seria. Ma sarebbe stata contenta di sapere che avevo anche un gruppo di amici, gente allegra con cui passare il tempo. Per esempio non le risultava che andassi a ballare, né che facessi alcuna specie di sport. Cosí era un po' difficile che io mi sposassi. Forse ancora io non pensavo a sposarmi, eppure lei sentiva che ero fatta per sposarmi ed avere molti bambini. Mi scrutava aspettando una risposta. Non avevo qualcuno che mi stava intorno, qualcuno che m'interessava un poco? Io scuotevo la testa e mi giravo verso la parete, aggrottando la fronte e mordicchiandomi un labbro. Quelle indagini di mia madre mi disturbavano profondamente. Lei allora cambiava discorso, si metteva ad esaminare la mia sottoveste sulla seggiola, prendeva le mie scarpe sul tappeto e osservava suole e tacchi. Non possedevo un altro paio di scarpe? Lei aveva scoperto un calzolaio che faceva le scarpe su misura per pochi soldi ed erano bellissime.

Mi lavavo e mi vestivo sotto gli occhi attenti di mia

madre. Era piuttosto malcontenta della mia gonna gri-gia, che portavo ormai da tre anni, e soprattutto del mio grosso maglione blu scuro, dai gomiti sformati e logori. Dove avevo pescato quel maglione da ciclista? Possibile che non avessi niente di meglio da mettere indosso? E dov'erano andati a finire i due vestiti nuo-vi che m'aveva fatto fare?

Di malumore, mia madre mi lasciava e saliva a ve-stirsi anche lei. Ma poco dopo ritornava per dirmi che Giulia e il marito avevan preso tutta l'acqua calda del bagno e a lei adesso toccava lavarsi con l'acqua fredda. Non importa, avrebbe fatto il bagno piú tardi dalle sue sorelle. Ma era pur seccante non poter fare il ba-gno in casa propria. Non importa, meno male che una volta tanto Chaim s'era deciso a fare il bagno, però anche quando aveva fatto il bagno conservava quella sua aria non linda, quella sua aria frusta e squinter-nata. Non si capiva come non pensasse a prendere un aspetto piú civile. Se non aveva un gran successo nella sua professione, certo era per colpa del suo aspetto. S'ostinava a portare quel giaccone col bavero di pelo, che a Dronero ancora poteva andare ma in città era ridicolo. E gli avevo mai guardato le mani? Erano brutte mani, con le unghie rotte e rosicchiate e le dita piene di pellicine. Ai malati non poteva piacere di ve-dersi addosso quelle mani.

Io facevo osservare a mia madre che Chaim a Drone-ro aveva molti malati; qui in città non lo conoscevano ancora. Pure anche qui lavorava, certi amici che aveva in ospedale gli procuravano dei clienti; al mattino an-dava in ospedale, dov'era assistente; e nel pomeriggio visitava i malati correndo da un punto all'altro della città sulla sua bicicletta a motore. Avrebbe avuto bisogno di uno studio nel centro. Mia madre gli aveva promesso di dargli il denaro per metter su lo studio, appena lei avesse vinto una causa che aveva col comune di Dronero per un appartamento; gliel'aveva promesso, perché non le pesava molto disfarsi di quel denaro cosí lontano e improbabile; la causa durava ormai da anni, e il marito della cugina Teresa, che era notaio, ci aveva detto che non c'era nessuna speranza di vincerla mai. Cosí intanto il dottore correva per la città sulla sua bicicletta, con un berretto a visiera e col vecchio giaccone spregiato da mia madre; in verità non aveva i soldi per farsi un cappotto nuovo; guadagnava poco, e tutto quello che guadagnava doveva darlo a mia madre per le spese di casa; tratteneva soltanto gli spiccioli per le sigarette, e ogni volta che accendeva una sigaretta, mia madre lo guardava male.

Passeggiando avanti e indietro fra la sala da bagno e la sua camera, mia madre dava gli ordini a Carmela e faceva ogni mattina gli stessi gesti, che io sapevo a memoria: scrollava forte nell'aria il suo piumino da cipria viola, diffondendo all'intorno una nuvoletta odorosa; si leccava il dito indice e se lo passava sulle palpebre e sulle sopracciglia; accostava la faccia allo specchio e si strappava qualche pelo dal mento, arricciando il naso e increspando le guance con gli occhi accesi d'un lampo di rabbia; si spalmava la bocca d'un rossetto untuoso, e si nettava i denti con la punta dell'unghia; scrollava forte nell'aria il suo berretto di maglia nera, e se lo calcava in testa con una smorfia; nel berretto infiggeva uno spillone; e in piedi davanti allo specchio, fumando e canticchiando una canzonetta, indossava la pelliccia e si rigirava guardandosi le calze e i tacchi. Poi finalmente usciva per andare dalle sue sorelle, per vedere cos'avevano da pranzo e se avevano fatto i conti di cassa.

Nel giardino, mia sorella Giulia sedeva su una poltrona a sdraio, col barboncino in braccio e con le gambe ravvolte in un plaid. Mia sorella era stata malata e le avevano ordinato il riposo. Tuttavia mia madre pensava che quella vita inerte non poteva giovarle alla salute. Qui come a Dronero, prima d'ammalarsi e ora dopo la malattia, mia sorella non faceva nulla in tutta la giornata. Di tanto in tanto s'alzava dalla poltrona, metteva il guinzaglio al cane e con la nostra piccola cugina Costanza faceva un giro attorno alla casa. La vita d'una vecchia di novant'anni, diceva mia madre. Com'era possibile che le venisse appetito? E mia madre non era ancora riuscita a sapere se era contenta Giulia d'abitare in città. Mi pregava di domandarglielo. Lei non glielo domandava. Non glielo domandava perché le risposte di Giulia eran sempre le stesse: uno sbatter di ciglia, una scossa del capo, un sorriso. E mia madre era stufa di queste risposte. Neppur io non le davo gran soddisfazione con le mie risposte, diceva, e non riusciva mai a saper nulla neppure di me. Ma io almeno avevo un viso intelligente, un viso dove si leggeva qualcosa. E invece Giulia poveretta era scema. Non si leggeva niente sul suo viso. Quando faceva quel suo sorrisetto, mia madre aveva voglia di picchiarla. D'altronde che godeva Giulia della città, se non si spingeva mai oltre il chiosco del giornalaio sull'angolo? La compagnia di quel brutto cagnetto che s'era comprata a Dronero da un contadino, o la compagnia della nostra piccola cugina Costanza, era la sola che pareva riuscirle gradita. Non andava al cinema, e non aveva voluto saperne d'iscriversi al circolo di cultura. Mia madre frequentava il circolo di cultura, dove si ascoltavano delle conferenze e si sfogliavano delle riviste.

Il matrimonio di mia sorella era stata una profonda delusione per mia madre. Lei s'era messa in testa di sposarla bene. L'aveva condotta con sé a Chianciano e a Salsomaggiore, per curarsi il suo fegato e perché intanto Giulia potesse conoscere dei giovanotti. Mia madre aveva trangugiato bicchieri e bicchieri di quell'acqua amara e tiepida, mentre guardava Giulia sui campi di tennis, con la sottana bianca svolazzante sulle gambe snelle. La grazia di quelle gambe snelle e tornite nella sottana a pieghe, e la linea dolce e delicata delle spalle spioventi nella blusa leggera, il profilo di Giulia con la crocchia un po' sfatta sul collo e le candide braccia levate a riappuntare le forcine, appagavano mia madre della noia profonda che le procurava l'amaro sapore dell'acqua e l'assistere a una partita di tennis. Sorseggiando la sua acqua, mia madre accordava la mano di Giulia ora all'uno ora all'altro di quei giovanotti che saltellavano sui campi di tennis e andavano e venivano lungo la passeggiata; o componeva nel pensiero le frasi che avrebbe usato per annunciare a Dronero il fidanzamento di Giulia col ricchissimo industriale toscano, di origine nobile, il quale appunto in quel momento, ignaro, s'era seduto a un tavolo poco distante e fissava con occhi vuoti davanti a sé.

Giulia presto era stanca e veniva a mettersi accanto a mia madre, la racchetta abbandonata sulle ginocchia e la giacca buttata sulle spalle pigre. Mia madre volgeva lo sguardo verso il tavolo dove sedeva l'industriale toscano, per scoprire una luce d'interesse nei suoi occhi vuoti. Ma l'industriale non si riscuoteva e non pareva accorgersi di Giulia; agitava d'un tratto fiaccamente le mani in direzione d'una ragazza lontana, e faceva un verso nella gola che pareva un chiocciolare d'uccello. Mia madre di colpo decideva che era «una ciula», faceva una spallata sdegnosa e lo scartava dal proprio destino.

Non c'erano molti uomini intorno a Giulia, pensava mia madre perplessa. A volte qualche giovanotto la corteggiava, la faceva ballare per una o due sere, le sedeva vicino e provava a conversare con lei. Ma con Giulia non era facile conversare. Una stretta di spalle, uno sbatter di ciglia, un sorriso: ecco le sue risposte. Del resto di che cosa poteva conversare, povera figlia? Non aveva cultura. Non leggeva romanzi e ai concerti s'addormentava. Allora mia madre cercava di colmare il silenzio di Giulia conversando lei stessa: mia madre si teneva al corrente di tutta l'arte e la letteratura moderna, era abbonata a una biblioteca circolante e anche a Dronero riceveva i libri per posta. E non c'era un fatto culturale o politico che sfuggisse all'attenzione di mia madre. Aveva un'opinione su ogni cosa. Pure quei giovanotti restavano accanto a Giulia una sera, due sere; poi se la squagliavano e mia madre li vedeva, in distanza, chiacchierare e ballare con altre ragazze. Ma Giulia non pareva rattristarsene. Sedeva tranquilla, ferma, con le gambe raccolte sotto la gonna e le dita intrecciate, e sulle labbra quel suo sciocco sorriso.

13

Poi un'estate infine c'era stata una storia con un ragazzo. Un ragazzo come si deve; proprio tutto quello che poteva desiderare mia madre. Giulia l'aveva conosciuto a Viareggio, dov'era andata a passare il mese di agosto con la cugina Teresa. Mia madre a quel tempo era immobilizzata su un letto, a Dronero, con una gamba ingessata perché era caduta da una scala. Mia madre fra il caldo, la gamba che le sudava e le prudeva sotto l'ingessatura, e le lettere della cugina Teresa che parlavano d'un probabile prossimo fidanzamento, davvero si sentiva diventar pazza. Due volte al giorno, veniva il dottor Wesser, un medico polacco che era stato confinato a Dronero in tempo di guerra e non se n'era piú andato, a prendere notizie della sua gamba e a tenerle un po' di compagnia. Mia madre nutriva per il dottor Wesser una benevolenza mescolata a disprezzo. Era allora ben lontana dall'immaginare che quel magro dottore, che se ne stava tutto rattorto in poltrona e si rosicchiava le unghie, guardando attorno con un mite sorriso, sarebbe diventato il marito di Giulia. Per adesso, il pensiero di mia madre palpitava sul mare di Viareggio, là dove Giulia forse in quel momento andava in barca col suo giovanotto. Pregava il dottor Wesser di darle dei calmanti, perché aveva tutti i nervi in tumulto, e voleva sapere quando avrebbe potuto muoversi, perché ardeva dall'impazienza di partire per Viareggio, a vedere cosa succedeva. Leggeva al dottor Wesser le lettere di Giulia e della cugina Teresa. Il dottor Wesser conosceva Giulia, avendola curata da una scarlattina. Le lettere di Giulia erano brevi e un po' buffe, molto povere di particolari, e parevano le lettere d'una bimba di sette anni che scrive al buon

14

Gesú per Natale, osservava mia madre. Pure dietro a quelle poche righe parsimoniose e puerili, si sentiva vibrare una tremula felicità. Mia madre chiedeva al dottor Wesser se non c'era modo di grattarsi la gamba sotto l'ingessatura, perché le prudeva e le bruciava terribilmente.

Infine l'ingessatura fu spezzata a colpi di martello. Infine mia madre poté alzarsi, e in tre giorni si mise insieme un corredo da mare: gonne a palle, gonne a fiori, gonne a quadri, sandali da spiaggia. Ce l'aveva con la cugina Teresa, perché nelle sue lettere non s'era diffusa abbastanza sul fisico, la famiglia e la situazione economica di quel giovanotto. S'era limitata ad affermare che si trattava d'un buon matrimonio.

Arrivando a Viareggio, trovò Giulia a letto con la febbre in albergo, e accanto a lei la cugina Teresa che le metteva pezzuole bagnate sulla fronte. Era niente di serio; Giulia aveva sudato e poi aveva preso un po' fresco. Mia madre tirò in corridoio la cugina Teresa, strapazzandola e interrogandola a precipizio. Chi diavolo era questo ragazzo? Che aspetto aveva? Che soldi aveva? Che famiglia erano? E perché venirsi a ficcare in una pensione tanto modesta, perché non cercare qualcosa di piú signorile?

Ma la cugina Teresa le disse che il ragazzo e i suoi genitori s'erano trasferiti da qualche giorno a quella stessa pensione, avendo affittato la loro villetta. Mia madre sul momento rimase un po' male; se acconsentivano ad abitare quella pensione, dallo stretto corridoio che odorava di conegrina e di minestra in brodo, non erano poi questi grandi ricconi. E che bisogno c'era di affittare la villa, visto che avevano tutti quei soldi? La cugina Teresa le disse che invece era gente che stava bene, gente come mia madre in vita sua non ne aveva mai conosciuta, proprietari a Lucca d'un palazzotto antico, e qui a Viareggio d'una villetta col bagno, col frigorifero e con il garage. Il padre era uno stimatissimo magistrato, il ragazzo studiava da magistrato anche lui, ed era tanto innamorato di Giulia che aveva portato tutta la sua famiglia ad abitare in quella pensione, per non dividersi un minuto da lei.

Poco dopo, mia madre sedeva col magistrato, la moglie del magistrato e il ragazzo nel giardinetto della pensione, sventagliandosi e fumando e sbuffando via il fumo da un lungo bocchino d'avorio. Era cosí eccitata, che quasi s'era scordata di Giulia febbricitante su in camera. Non faceva che parlare e parlare; buttava fuori tutte le parole e i discorsi che aveva accumulato in tante lunghe stagioni solitarie a Dronero, quando ai vetri s'addensava la notte e gli unici visitatori possibili, disprezzati e aspettati, erano la cugina Teresa e il dottor Wesser. E negli ultimi tempi, mentre giaceva immobile sul letto con la gamba ingessata, piú che mai aveva accumulato parole, almanaccando sulle lettere che le arrivavano da Viareggio e sventagliandosi e fumando appoggiata ai guanciali, circondata d'immaginari interlocutori, forme incerte e mutevoli che assentivano sorridendo. Adesso, quella che doveva diventare fra poco la nuova famiglia di Giulia stava davanti a lei: un vecchio signore azzimato, in giacca scura e pantaloni bianchi; una vecchia signora che aveva un tremito al capo; un ragazzo dalla testa bionda e riccia, che la guardava con un largo sorriso meravigliato e cordiale, e beveva dell'aranciata San Pellegrino dal collo della bottiglia. A queste persone, mia madre raccontava in un fiotto l'intera sua vita: la morte di mio padre per un insulto di cuore; i suoi anni di vedovanza, col carico delle responsabilità e con i beni da amministrare; l'educazione semplice e casalinga che aveva dato alle figlie; i suoi mali di fegato e i consigli del dottor Wesser; le sue opinioni politiche, improntate di un sano buon senso e di una giovanile fiducia nel progresso umano; lo sforzo che doveva fare, abitando in provincia, per tenersi al corrente dell'arte moderna. A tratti, una commozione gioiosa le strozzava la voce in un breve singhiozzo; recitava finalmente la parte che da anni sognava di recitare, la parte della madre che si prepara ad affidare la figlia, con trepida sollecitudine, alle mani d'un giovane serio, laborioso e probo. Era cosí compresa nella sua parte, che quasi trascurava d'osservare quel giovane; e piú tardi, quando voleva ricondurselo alla memoria, non riusciva a vedere che un tosone biondo e due grosse labbra che poppavano al collo d'una bottiglia.

Quelle poche ore nel giardinetto della pensione, furon le sole che mia madre passasse in compagnia della famiglia del magistrato. Nella notte, mia sorella ebbe uno sbocco di sangue; un medico chiamato d'urgenza la fece ricoverare in ospedale; venti giorni dopo, mia madre e Giulia ripartivano per Dronero in vagone letto. E del ragazzo dal tosone biondo non si seppe piú nulla; raccontò la cugina Teresa che la madre del ragazzo, quando aveva saputo dello sbocco di sangue, era stata presa da una crisi nervosa, la sua testa tremava e ballava che pareva dovesse rotolarle via; aveva voluto ripartire subito per Lucca, strappare il figlio da quella pensione dove anche i muri le pareva stillassero sangue; la cugina Teresa diceva che il ragazzo partendo aveva un'aria tutta sconsolata, e che le aveva porto la mano nella svolta d'un corridoio, lacrimando come un pecorino; ma adesso anche la cugina Teresa voleva partire, era tutta impaurita e preoccupata perché lei e la sua bambina avevano dormito con Giulia, e chissà se non s'erano ammalate anche loro.

Cosí mia madre rimase sola nella stanzetta dell'ospedale, con Giulia pallida pallida, ferma nel letto come una piccola morta, i bei capelli sparsi sul cuscino, gli occhi chiusi e le labbra screpolate di febbre. Mia madre era furiosa con la cugina Teresa che l'aveva lasciata sola, e passeggiava su e giú nel corridoio dell'ospedale come un orso in gabbia, con indosso la gonna a palle tutta stazzonata e macchiata, perché non aveva testa per cambiarsi la gonna, eppure di gonne ne aveva anche per i poveri della parrocchia.

Ripensando al ragazzo dal tosone biondo, mia madre fremeva dalla collera. Dire che era stato incapace d'un impulso generoso, d'un cenno di conforto! Dire che se n'era andato senza un saluto, senza una parola! Il ricordo di quel tosone biondo, e di quel pomeriggio che aveva trascorso insieme alla famiglia del magistrato, le ispirava ora una repulsione profonda. Ma quando le fu passato un poco lo spavento per Giulia, quando i medici le ebbero assicurato che la malattia di Giulia, con le risorse della scienza moderna, si sarebbe risolta felicemente; quando ebbe fatto ritorno a Dronero, ed ebbe installato Giulia nel grande letto dalla trapunta di seta fiorata, con due buoni cuscini dietro la schiena e sul comodino da notte lo sciroppo di malto ordinato dal dottor Wesser, mia madre fra quelle pareti dove aveva cullato tante felici speranze, ricominciò a chiedersi cosa c'era stato di preciso fra Giulia e quel ragazzo. C'era stata una promessa? un impegno? Non osava toccare quell'argomento con Giulia, ancora tanto debole e macilenta, appoggiata ai cuscini con un piccolo scialle raccolto attorno alle gracili braccia venate d'azzurro, i capelli stretti in un nastrino di velluto nero, e il suo solito sorriso sciocchino che non diceva nulla. Soffriva, Giulia? Chi poteva saperlo? La fantasia di mia madre di nuovo trottava attorno alla città di Lucca, e al palazzotto antico, dai soffitti a volta con affreschi del Quattrocento, dove abitava la famiglia del magistrato e che la cugina Teresa le aveva detto sarebbe diventato presto o tardi museo nazionale. Andava dalla cugina Teresa e la torturava di domande su quella stagione a Viareggio; e la cugina Teresa la supplicava di lasciarla in pace, aveva detto tutto quanto sapeva, era una cosa andata a finir male e non c'era niente da farci.

Ma mia madre per tutto quell'inverno aspettò la posta con ansia, sempre piú certa che sarebbe arrivata una lettera del tosone biondo, per Giulia o magari per lei. Invece niente. Invece continuavano ad arrivare lettere d'un'infermiera di notte dell'ospedale di Viareggio, a cui mia madre imprudentemente aveva promesso un posto all'ospedale di Pinerolo, dove lavorava un amico del dottor Wesser. Mia madre nel frattempo aveva un po' litigato col dottor Wesser, e non gli andava di chiedergli che scrivesse al suo amico.

Mia madre da un pezzo pensava che il dottor Wesser si era forse innamorato di Giulia, perché passava delle ore con lei, a tradurle poesie tedesche di cui certo a Giulia non importava un fico, e a mostrarle tutti i suoi album di famiglia, signori polacchi con la pelliccia e il cilindro, signore con lunghe collane di perle e cappelli a piume; povera gente ammazzata durante la guerra, poveri ebrei che i nazisti avevano strappato dal letto e portato a morire chissà dove. Il dottor Wesser non aveva piú nessuno, salvo un fratello minore venuto via dalla Polonia insieme con lui, e che ora abitava in città, dove lavorava in uno stabilimento chimico, l'unica persona a cui il dottor Wesser voleva ancora bene sulla terra. Giulia gentilmente ascoltava i noiosi discorsi del dottor Wesser, e sfogliava per compiacerlo gli album di famiglia, dove si vedeva anche il padre e la madre del dottor Wesser, persone distinte e autorevoli, e faceva pena pensare com'erano morti, forse in quei gelidi campi mentre spaccavano pietre; e si vedeva in mezzo a loro il dottore e suo fratello bambini, vestiti da cosacchi per un ballo di carnevale.

Giulia ora stava molto meglio, s'alzava e qualche volta usciva un poco; il dottore qualche volta l'accompagnava in quelle piccole passeggiate, spingendo la sua bicicletta a motore, e raccontandole forse le sue tragiche storie di parenti scomparsi; niente di buono per una ragazza, pensava mia madre, e si sentiva sempre piú irritata col dottor Wesser, e si sentiva sempre piú scontenta quando dal balcone dov'era affacciata, vedeva giú nella strada l'alta figura di Giulia allontanarsi al fianco del dottore, che le arrivava appena appena alla spalla, insaccato nel suo giaccone marrone che aveva avuto in regalo dall'associazione ebrei profughi, una cosa corta col bavero di pelo e la martingala, metà giubba e metà paltò. Mia madre andava enumerando fra sé, incollerita, tutti i piaceri che aveva sempre fatto al dottor Wesser: quando c'erano i tedeschi a Dronero e il dottore stava nascosto in casa della cugina Teresa, e lei ogni giorno gli portava le sigarette; e quando il dottore aveva avuto la colite e lei gli aveva dato la lana perché si facesse fare una pancera ben calda; e tutte le bottiglie di maraschino che il dottore s'era scolato, la sera, mentre sedeva con loro presso la stufa e traduceva a Giulia le poesie di Hoffmannstahl. «Hoffmannstahl!» soffiava mia madre con ribrezzo, imitando le acca aspirate del dottore e il modo come lui si tastava la cravatta e si lisciava svelto svelto i capelli sulla tempia mentre leggeva. Mia madre adesso aveva preso a maltrattarlo, con un pretesto o con l'altro: gli chiedeva notizie d'un libro che gli aveva prestato molti anni prima e che lui non riusciva piú a ritrovare; gli diceva che lo sciroppo di malto che faceva prendere a Giulia era pesante da digerire; e sbatteva con rabbia il giaccone bagnato di pioggia, la sera quando il dottore veniva a trovarle, via dal canapè. Il dottore raccoglieva il giaccone e lo appendeva all'attaccapanni; e riprendeva a leggere a Giulia, con la sua voce monotona e mite, le poesie di Hoffmannstahl.

Mia madre sentiva, qualche volta, il dottore e Giulia che ridevano insieme. Di che cosa ridessero, non sapeva; che ancora avesse voglia di ridere il dottore con tutti quei parenti morti, che ancora avesse voglia di ridere e di fare lo stupido, con tutti i pensieri che aveva, pochi soldi e il fratello ogni tanto disoccupato, a mia madre sembrava inconcepibile. Il dottore non aveva casa, dormiva in una stanzetta sopra il bar, e si faceva il pranzo da sé sopra un fornellino, certi intrugli polacchi; i suoi quattro stracci se li lavava da sé, e li appendeva a una corda fra il letto e l'armadio. Nell'armadio, fra i libri e i calzini, il dottore riponeva le caciotte e le uova che gli portavano dalla campagna; curava tutti, e tutti gli volevano bene, e curava anche quelli che non pagavano; le uova tante volte non le beveva neppure, le pigliava e le dava ai bambini che giocavano in strada, diceva che le uova andavano bene per i bambini e non per lui che era vecchio; tanto vecchio nòn era, aveva tutt'al piú quarant'anni, ma si teneva male e camminava storto, con una spalla piú alta dell'altra e strascicando i piedi; e da quando s'era messo a stare con Giulia, a mia madre pareva a un tratto vecchissimo, la piú brutta persona che avesse mai visto.

E il dottore una sera, mentre Giulia stava in poltrona accanto alla stufa, con una scatola d'avanzi di lana sulle ginocchia, e faceva con lane di tutti i colori certi fantoccini per la nostra cuginetta Costanza, il dottore disse a mia madre che lui e Giulia contavano di sposarsi nella prossima primavera. Mia madre s'aspettava quelle parole da un pezzo; eppure sentí come un colpo nello stomaco. Si voltò a guardare il viso di Giulia. Era il viso che s'aspettava: un viso quieto, assonnato, con quel solito sorrisetto sciocco; Giulia aveva in mano un fil di ferro, vi andava attorcendo attorno la lana, da qualche giorno s'era messa a fabbricare quei fantoccini che non sapevano proprio di nulla. Voleva sposare il dottore? le gridò mia madre, strappandole dalle ginocchia la scatola della lana; e Giulia alzò le braccia come per difendersi da uno schiaffo;

e d'un tratto il viso le si accese d'un vivo rossore. Allora mia madre sentí una gran pietà di lei; le rimise in grembo la scatola, andò a rincantucciarsi in un angolo voltando le spalle al dottore e a Giulia; e da quell'angolo disse che si sposassero pure, che tanto lei era vecchia e non le importava piú un corno di nessuna cosa.

Mia madre l'indomani andò dalla cugina Teresa. Sí, la cugina Teresa lo sapeva da molto tempo; Giulia si era confidata con lei. Giulia certo non era innamorata; non si era mai piú innamorata dopo quella storia a Viareggio; ma col dottore si trovava bene, si sentiva contenta. Lo apprezzava perché era cosí colto, cosí fine; e i giorni che il dottore andava in città, a vedere il fratello, lei si sentiva come spersa e si annoiava di piú. Del resto, disse la cugina Teresa, Giulia ormai aveva venticinque anni. E aveva avuto quella malattia brutta; perciò forse non avrebbe trovato tanto facilmente un marito; la gente ha paura di questa malattia. E almeno, lei che aveva bisogno di cure, avrebbe avuto sempre vicino un dottore, uno che la curava senza spendere; e questo, disse la cugina Teresa sgranando tutti i suoi denti d'argento, era pure un vantaggio.

Mia madre fece il giro di tutte le cugine e le zie, alla ricerca di qualcuno che volesse dissuadere Giulia da quel matrimonio; ma le cugine e le zie non volevano impicciarsene, scrollavano il capo e dicevano che finalmente Giulia poverina si sposava, era proprio un peccato che non si sposasse; il dottor Wesser certo non era né bello né ricco, né giovane, però era una brava persona, un uomo che i bambini gli volevano bene, e correvano attorno a fargli festa quando lo vedevano passare. Ma come? gridava mia madre. Con quello lí doveva finire Giulia? un comunista? un ebreo? un apolide? Le cugine e le zie scrollavano il capo, comunista era il dottor Wesser, strano che non l'avevano mai sentito dire; ma che era ebreo cosa gliene importava a mia madre, non aveva sempre gridato ai quattro venti che coi negri e gli ebrei siamo tutti fratelli?

Infine la cugina Teresa diede un pranzo per festeggiare il fidanzamento; e alla fine del pranzo, mentre veniva in tavola una grossa torta con le ciliege candite, la cugina spinse mia madre sulla spalla del dottor Wesser; e mia madre dovette baciare il dottore sulla sua guancia scarna, solcata d'una ruga profonda.

Allora mia madre sentí un gran vuoto dentro di sé. In fondo all'anima, dove aveva mulinato tanti bei sogni, non trovava piú nulla. Le era venuto piú che mai a noia Dronero, dove sapeva a memoria anche i sassi, e dove dappertutto s'annidavano cugini e parenti; bruciava dalla voglia d'abitare in una grande città, dove avrebbe potuto occuparsi di cento cose, e dove anche soltanto passeggiare per strada era un divertimento; e provava ora una forte nostalgia di me. Pensava a volte che forse io potevo fare un bel matrimonio. Io non ero bella come Giulia, certo; e avevo quel difetto della statura. Mia madre non sapeva spiegarsi perché fossi cresciuta cosí poco; e i capelli li avevo tutti crespi, una nuvola informe. In compenso ero molto piú intelligente di Giulia; forse piú tardi avrei pubblicato dei libri, perché io fin da bambina scrivevo versi, e li tenevo nascosti nei quadernetti di scuola. Spesso se ne veniva in città, col pretesto di comperare i capi di corredo per Giulia; mi dava appuntamento in un caffè, e voleva sapere se scrivevo ancora dei versi. Le dispiaceva un po' che i miei denti sporgessero sulle labbra; quand'ero piccola, lei avrebbe voluto farmi portare la macchinetta ai denti, e mio padre s'era opposto; mio padre pover'uomo aveva certe sue fissazioni. Studiava cosa si poteva fare con i miei capelli. Al caffè ci raggiungeva a volte la mia amica, quella con la quale abitavo; mia madre non era troppo contenta che due ragazze abitassero sole, ma la rassicurava l'aspetto austero della mia amica, piú anziana di me e insegnante di storia in un liceo. Mia madre spacchettava sotto gli occhi della mia amica le sottovesti e le camicie da notte che aveva comperato per Giulia; e pregava la mia amica di aiutarla a trovare un alloggio, perché a Dronero non ci si poteva piú vedere e voleva trasferirsi in città. Poi tornava a tuffarmi la mano nei capelli, io tiravo indietro la testa, mia madre chiedeva anche alla mia amica cosa si poteva fare con i miei capelli. Quando raccontava a me e alla mia amica del dottor Wesser, mia madre quasi quasi se ne vantava; raccontava che era un uomo d'una cultura incredibile, che parlava sedici lingue, e s'intendeva molto anche di musica e aveva letto tutti i filosofi; e diceva di tutte le grandi ricchezze che aveva avuto il dottore da ragazzo in Polonia, erano una delle meglio famiglie di Cracovia, possedevano cofani d'argenteria, sua madre andava alle feste con in capo un diadema di brillanti.

Nel pullman che la riportava a Dronero, mia madre si sentiva un po' piú animata e contenta, dopo quelle ore che aveva passato in città, a girare i negozi e a conversare con la mia amica e con me, e a curiosare fra le porcellane delle sue sorelle; ed era ansiosa d'arrivare a casa e sciorinare nella sala da pranzo, davanti a Giulia, al dottore e alla cugina Teresa, le belle camicie da notte ricamate a punto ombra.

Il dottore veniva a prenderla al pullman, per aiutarla a portare i pacchi; e mia madre dopo quel gran parlare che aveva fatto delle antiche ricchezze del dottore, adesso lo vedeva come imbellito da quelle grandi ricchezze, che poi eran finite chissà dove ma che pure c'erano state; e allora diventava col dottore un poco piú gentile.

Di punto in bianco una sera, mia madre ritornando da una di quelle sue gite per il corredo, quando fu col dottore e con Giulia nella sala da pranzo, dichiarò che aveva comprato la casa in città. Dichiarò che lei si trasferiva in città; del resto erano anni che voleva farlo, perché ormai quel buco di Dronero le era venuto a noia a un punto tale che quando s'affacciava alla finestra a guardare la strada, dalla noia sentiva un groppo in gola; e anche Giulia e il dottore dopo sposati dovevano venire a stare in città, perché aveva preso apposta una casa grande, e perché lei da Giulia non intendeva separarsi mai; mentre parlava le saliva in corpo una gran voglia di mettersi a litigare, s'aspettava che il dottore dicesse che lui e Giulia volevano rimanere a Dronero, lei allora gli avrebbe risposto che si provasse a restarsene lí solo con Giulia, Giulia era abituata molto bene, si faceva servire e non si chinava nemmeno a raccattare uno spillo; bisognava starle dietro dal mattino alla sera, frullarle l'uovo a merenda e stirarle le camicette; e il denaro che lui guadagnava non bastava nemmeno per il latte del cagnolino; proprio cosí aveva pensato di dirgli, «per il latte del cagnolino»; dunque dovevan fare quello che voleva lei. Ma il dottore calmo calmo le disse che era contento di venire in città, non aveva nessuna intenzione di rimanere a Dronero, anzi anche lui pensava alla città da un bel pezzo, perché aveva piacere d'essere vicino al fratello, al quale voleva un gran bene. Cosí mia madre rimase tutta calda di rabbia, con la bocca piena di saliva e d'insulti che non c'era motivo di scagliare.

Nella primavera, Giulia e il dottore si sposarono; vi fu una cerimonia in chiesa, ma il dottore era ebreo e perciò non si faceva nemmeno il segno della croce, e c'era voluto per Giulia il permesso del vescovo, per potersi sposare in chiesa con un ebreo; il dottore se ne stava là accanto a Giulia, con la spalla scossa da un sussulto nervoso; e di continuo faceva quel suo gesto di tastarsi la cravatta e il pomo d'Adamo. C'era con me la mia amica, che anche lei non si faceva il segno di croce, perché era atea, e guardava attorno col suo viso severo; e c'era il fratello del dottore, un giovanotto piccolo, lentigginoso e occhialuto; e mia madre con un piccolissimo cappello di piume azzurre, con molti strati di cipria sulla faccia chiazzata dal pianto. E poi Giulia e il dottore partirono per un breve viaggio di nozze in Riviera; e quando ritornarono, il dottore cacciò in una valigia i suoi libri, il fornelletto e quel suo poco vestiario e lasciò per sempre la stanzetta sopra il bar, dopo un lungo saluto alla padrona, che piangeva commossa; e se ne venne a stare da mia madre.

Mia madre s'era ormai abituata a chiamarlo per nome, Chaim; e le piaceva un poco pronunciare quel nome straniero.

Adesso mia madre era occupata nei preparativi per lo sgombero; e tutto il giorno strillava dietro alla serva

27

Carmela, che avrebbe dovuto imballare i piatti ma rompeva tutto ciò che toccava; e sempre c'erano per casa i parenti di Carmela, col pretesto che dovevano dirle addio, e il suo vecchio padre installato presso la stufa in cucina a mangiare pane e formaggio, la barba tutta piena di briciole, le scarpacce che formavano sul pavimento una pozza fangosa. E sempre c'era la cugina Teresa, a pregare mia madre che le lasciasse ora una cosa ora l'altra, ora chiedeva il mastello del bucato e ora il secchio dell'immondizia, mica voleva mia madre viaggiare col mastello o col secchio, tutta roba che impiccia in uno sgombero e che è bello ricomprare nuova. La cugina Teresa si raccomandava a Carmela, che le mettesse tutto quanto in disparte; e in cambio lei avrebbe regalato a suo padre un bel paio di ciabatte vecchie.

Carmela s'inteneriva a pensare al padre, che sarebbe rimasto solo solo a Dronero, senza un cane che andasse mai a guardare se era vivo o morto; perché di tutti i parenti che avevano, nessuno voleva saperne di quel vecchio mezzo matto e sempre ubriaco; e si raccomandava alla cugina Teresa, che il marito notaio l'aiutasse a ottenere il sussidio dei poveri, perché l'avevano chiesto da tanti anni e gliel'avevano negato sempre, eppure chi c'era a Dronero che fosse povero come lei e suo padre, lo vedevano bene suo padre che povero vecchio che era.

Carmela serviva in casa nostra da molti anni, a intervalli, perché ogni tanto la coglieva una gran pietà di suo padre, cosí vecchio, cosí matto e solo; e tornava da lui a quel buco di casa che avevano in fondo a un vicolo, un buco buio come una caverna, dove in terra correvano scarafaggi; ricompariva dopo qualche tempo, accompagnata dal padre; e il padre scongiurava che la riprendessimo, perché lui alla sera si ubriacava e quando era ubriaco la batteva; e ordinava a Carmela di scoprirsi le braccia e mostrare i lividi. Mia madre guardava i lividi e minacciava di andare dai carabinieri; acconsentiva a ripigliarsi Carmela, sospirando che lei aveva il cuore grande, e si tirava addosso tante grane; ma in fondo era ben contenta mia madre d'avere Carmela, a cui dava pochissimo salario, regalandole di tanto in tanto qualche spoglio di biancheria.

La notte, il padre di Carmela ubriaco veniva a chiocciare sotto il nostro balcone; gemeva lungamente sulle sue miserie, e sull'unica figlia costretta a stare a servizio; poi cantava le lodi di mia madre, una signora con il cuore grande, una vera signora; Carmela piangeva rimpiattata dietro le persiane, e mia madre nel letto godeva di quelle querule lodi, cantate nella notte per la via silenziosa; e perciò non osava scacciare il padre di Carmela, quando poi se lo trovava in cucina, ben installato al caldo col pane e formaggio. Al mattino, mia madre aveva un forte mal di capo, per quella voce che le aveva disturbato il sonno; e diceva a Carmela di tutte le noie e le grane che doveva patire a tenerla con sé. Anzi diceva che una delle ragioni per cui aveva piacere di andarsene a stare in città, era non dover piú sentire la notte quella voce querula; e Carmela restava tutta mortificata, a pensare che per colpa di suo padre bisognava scappare in città.

Dopo qualche mese che era in città, mia madre cominciò a mostrare segni d'impazienza. S'era presto

29

stufata del negozio delle sue sorelle, frequentato soltanto da vecchiette spilorce, che discutevano per ore e ore sul prezzo d'una tazzina; e poi un giorno, voltandosi un po' bruscamente, mia madre aveva mandato in terra un pierrot che suonava la chitarra. Mia madre sosteneva che quel pierrot le era sempre stato antipatico, che forse portava scarogna, e che lei era contenta d'averlo rotto; del resto si trattava d'una sciocchezzuola, d'una cosuccia volgare, in porcellana bianca a sfumature azzurre, quelle cose come se ne vedono negli appartamenti delle sarte; anzi lei contava di rincollare i cocci con la resina indiana e farne un regalo alla sua sarta; sotto gli occhi costernati delle sorelle, aveva raccolto i cocci e se li era messi in borsetta. Andandosene aveva detto con fare sbadato, che contava poi di ripagare il pierrot; e che anzi le sue sorelle avevano avuto fortuna, perché certo non sarebbero riuscite a venderlo mai. Da allora il negozio delle sorelle le era diventato antipatico, del resto loro si ostinavano a rifiutarle la cointeressenza; i cocci del pierrot le eran rimasti in borsa per un po' di tempo, alla fine li aveva buttati nella pattumiera.

C'eran dei giorni che mia madre in città s'annoiava quasi come a Dronero. Ormai sapeva a memoria tutte le strade del centro, che aveva girato in lungo e in largo alla ricerca d'un locale piccolo e grazioso, dove mettere la sua galleria d'arte; ma i prezzi che chiedevano per l'affitto dei locali erano altissimi; e mia madre d'altronde cominciava a domandarsi inquieta, una volta che avesse avuto il locale, dove sarebbe andata a pescare i pittori disposti ad esporre. Non conosceva nessuno; s'era immaginata che fosse facile, venendo in città, formarsi subito un piccolo ambiente, circondarsi di persone colte con le quali sarebbe stato piacevole conversare; invece da quando stava in città, non aveva avuto modo di scambiare due chiacchiere con altri che con dei fornitori: il calzolaio, la bustaia, la sarta; si recava da loro a volte anche senza motivo, misurandosi una cosa o l'altra, osservando intensamente stoffe o modelli che non aveva nessuna intenzione di comperare; pur d'avere qualcuno a cui discorrere, e qualcosa da fare; e quando si trovava presso quei fornitori, aggirandosi attorno come fosse stata a casa sua, fumando e gettando la cenere sul pavimento, ed esaminando alla luce una pezza di stoffa o un lembo di cuoio, esprimeva a voce alta le sue impressioni e vi inseriva frammenti di sue convinzioni d'ordine generale, politiche o artistiche, nella speranza d'essere udita da altri clienti, da qualche persona raffinata e colta che apprezzasse il suo spirito e s'incuriosisse di lei. Ma non succedeva niente; le giornate di mia madre si snodavano sempre piú vuote, sempre piú senza scopo; in casa non ci veniva nessuno, salvo Jozek, il fratello di Chaim, squallida presenza che si sedeva in un angolo della sala da pranzo, a leggere romanzi polacchi; quando poi parlava, Jozek si rivelava molto saccente, ed esprimeva delle opinioni sempre contrarie a quelle di mia madre. Di tanto in tanto, con un sorriso sarcastico, chiedeva a mia madre notizie della sua galleria d'arte; se aveva trovato i locali, e se presto ci sarebbe stata l'inaugurazione; mia madre gli gridava inviperita che s'impicciasse dei fatti suoi; e Chaim cercava di metter pace, col suo mite sorriso e la spalla che sussultava.

Sulla poltrona a dondolo, Giulia coccolava il cagnolino; la piccola Costanza faceva i compiti al tavolo, con le trecce annodate sulla schiena da un gran nastro celeste; Jozek le strappava il nastro e se lo cacciava in tasca, la piccola Costanza strillava e scalciava; s'avvicinava l'ora del pranzo, e Jozek non se ne andava, sperando che mia madre lo invitasse; mia madre per dispetto non lo invitava, guardava l'ora e s'aggirava attorno scrollando i cuscini. Alla fine il dottore in polacco gli diceva probabilmente che se ne andasse; e Jozek se ne andava, buttando a Costanza il suo nastro; e Carmela entrava con la faccia sempre cupa e stravolta, con i piedi storti e ciabattanti, e metteva sulla tavola la zuppiera.

Mia madre qualche volta pensava ancora alla galleria d'arte. Ma la spostava in un futuro sempre piú lontano, remoto; e ci pensava in un modo sempre piú fiacco, sempre piú spento. E quando confrontava le ardite immagini che aveva accarezzato un tempo, con la vita monotona che invece le era toccata, provava il senso di aver subíto una grande ingiustizia. Non sapeva bene chi incolpare di questa ingiustizia; confusamente incolpava la propria mancanza di denaro, il dottor Wesser che guadagnava poco, Giulia che aveva sposato il dottor Wesser; e poi ce l'aveva con Carmela che era stupida e sudicia, e dimenticava sempre i suoi lerci grembiali sulle spalliere delle poltrone; e con la piccola Costanza che mangiava troppa marmellata, e con la cugina Teresa che non le dava abbastanza per il mantenimento della figlia; la cugina Teresa aveva pensato in un primo tempo di mettere la figlia in un pensionato di suore, lei aveva insistito perché invece gliel'affidasse; ma adesso capiva che si era presa una bella grana a tirarsi in casa quella bambina, con l'idea che un pensionato di suore fosse una cosa un po' malinconica; certo lei non si pigliava altro che grane, era sempre disposta a prodigarsi per tutti, pensava sempre agli altri e nessuno pensava a lei.

Vagabondava a lungo per la città, sbirciando le vetrine e mormorando sull'aumento dei prezzi; poi si sedeva stanca in un caffè, traeva fuori il bocchino d'avorio e v'inseriva una turmak; ordinava una granita di caffè con panna, si guardava attorno e fumava, arrabbiata con Giulia che non voleva mai saperne di uscire; io almeno mi preparavo agli esami; ma Giulia stava a coccolare il cane e a guardare fuori dai vetri, di là dal giardino, i treni che fuggivano nella nebbia. Una vita senza senso quella di Giulia. Il caffè verso sera cominciava ad affollarsi, mia madre tendeva l'orecchio alle conversazioni che si svolgevano ai tavoli accanto al suo; le sembravano conversazioni insulse, eppure avrebbe voluto prendervi parte; ma dov'era la gente colta, gl'intellettuali e gli scrittori e i pittori, quelli a cui mia madre contava d'offrire un giorno una tazza di tè nella sua galleria? Il circolo culturale dove a volte andava, anche quello l'aveva delusa, le conferenze erano rare e pesanti, e ci veniva solo qualche vecchio, che dopo un po' cadeva a sonnecchiare. Mia madre aveva ascoltato una conferenza su un musicista chiamato Béla Bartók, dal nome le sembrava un polacco, e mia madre dai polacchi non s'aspettava niente di buono; poi un'altra volta un giovinottino aggraziato ed esile, bellino e quasi senza naso, aveva sfarfallato per la stanza in punta di piedi, leggendo qualche pagina di un romanzo che parlava d'una balena. Mia madre s'era annoiata con quella balena; e nelle seggioline intorno a lei c'erano quei vecchietti appisolati; tuttavia s'era trattenuta fino all'ultimo, immobile in prima fila, fissando il giovinottino coi suoi occhi neri lampeggianti. Visto un po' da presso, il giovinottino aveva una faccetta stanca di quarantenne, un roseo frutto avvizzito dal freddo. A mia madre sembrava che né quel giovinottino, né quei vecchietti, né quella stanza né quella balena fossero la vera cultura. Ma allora dov'era dunque la vera cultura? dov'erano gli intellettuali veri? dove si nascondevano gl'intellettuali? Senza di loro, a mia madre la città sembrava tediosa e deserta.

A volte mia madre saliva fin su da me. Portava un cartoccio di paste, un po' perché ne era golosa, un po' perché aveva appena preso una granita con panna, e sentiva un vago rimorso di essersi mangiata tutta quella panna da sola. Mi trovava seduta a studiare; scartocciava le paste sul mio scrittoio, e andava a prendere un piatto in cucina; rideva un po' del nostro cucinino, grande poco più di un armadio; ma diceva che anche per lei ci sarebbe voluto un alloggetto così, camera, bagno e cucinino; perché ne aveva abbastanza di quella casa grande, e di dover studiare al mattino pranzo e cena per tanta gente; e soprattutto ne aveva abbastanza di quel Chaim. Io le chiedevo che fastidio le dava Chaim, così buono, gentile e discreto; ma mia madre diceva che io non potevo capire, si oscurava in viso e si sbatacchiava sul petto, sbuffando, le grosse perle della collana; io per distrarla dicevo com'era graziosa quella collana, lei diceva che era una collanaccia da mille lire. Sentivamo girar la chiave alla porta d'ingresso, era la mia amica che rincasava; entrava sbottonandosi l'impermeabile, ravviandosi sulla fronte le corte ciocche stillanti di pioggia; accanto a lei c'era il fidanzato, uno studente d'ingegneria; mentre la mia amica preparava il tè, mia madre osservava lo studente d'ingegneria, un ragazzo alto e rubicondo, con le orecchie a sventola; prendevamo il tè tutti insieme, vuotavamo il piatto delle paste, mia madre intavolava una conversazione, ma presto la mia amica e il fidanzato si scusavano di doversene andare, si sposavano fra due o tre mesi e dovevan vedere certi mobili.

Quando restavamo sole, mia madre faceva i suoi commenti su quel fidanzato, un bel ragazzo, peccato le orecchie; strano che la mia amica si fosse trovato quel bel ragazzo, la mia amica poverina era niente bella; simpatica, ma niente bella. Chiedeva poi se quando la mia amica si sposava, io sarei finalmente venuta ad abitare a casa con lei; ma io le spiegavo che sarei rimasta in quella stanzetta col cucinino, che era di proprietà della mia amica, le avrei pagato un modestissimo affitto; la mia amica, una volta sposata, si sarebbe installata col marito in un appartamento che aveva il padre di lui. Dunque allora stavano bene, diceva mia madre, se possedevano appartamenti; dunque la mia amica si sposava bene; altri avevano tutte le fortune, e invece a lei andava sempre tutto a rovescio: era nata con la scarogna.

Prima d'andarsene, mia madre sospirava a lungo e diceva come le rincresceva lasciarmi, io ero la sola persona con cui si trovava bene; con Giulia non si trovava bene, non avevano più niente da dirsi; del resto un gran che da dire non c'era mai stato con Giulia. Sospirando mia madre s'allacciava la pelliccia, s'annodava intorno al collo il foulard; e riponeva dentro la borsetta il vassoio di cartone dov'erano state le paste, perché su quei vassoi di cartone Carmela ci grattava il formaggio.

Mia madre conobbe la signora Fontana dal parrucchiere. Mia madre stava nella sala grande, perché le cabine erano tutte occupate; stava con la testa nel casco, e con in grembo un fascio di giornali illustrati. Per mancanza di spazio, l'avevano messa in un angolo, vicino a una porta; la porta dava su un cortile, e ogni volta che qualcuno l'apriva, mia madre si sentiva investita da una folata fredda. Si sentiva la testa nel casco bell'e asciutta e stracotta, punteggiata di forcine roventi; era sicura di pigliarsi una polmonite, fra il calore del casco e le folate fredde che venivano dal cortile; chiamava e protestava che era stufa e venissero a pettinarla, ma nessuno voleva darle ascolto; le passavano accanto ragazze affaccendate, le toccavano appena appena i capelli con la punta del dito, e le dicevano di ricacciarsi nel casco. Seduta su un alto sgabello girevole, al fianco di mia madre, c'era una donnetta con una corta zazzera color fieno, con una faccia aguzza e occhi miopi; aveva una pelle porosa, che pareva di creta, teneva le dita sollevate e le agitava in aria, per far asciugare la vernice alle unghie; anche lei protestava per quelle folate fredde; e prese a compatire mia madre, che era là da un pezzo nel casco; anzi rise un poco di mia madre, in un modo piuttosto insolente; e spiegò

36

che lei veniva in quel luogo soltanto per farsi fare le mani, ma i capelli se li lavava in casa, perché sua figlia, per il suo compleanno, le aveva regalato un fon.

La donnetta parlava con una voce rauca e ronzante, indossava un vestito poco bello a dadini bianchi e neri, e aveva ai piedi un paio di scarpe a sandalo, niente adatte per la stagione invernale; e mia madre quel giorno per l'appunto non aveva una gran voglia di conversare; e poi non le era piaciuto il modo insolente come quella donnetta dalla zazzera aveva riso di lei, perché chiamava e non le davano ascolto; e cosí sul principio rispose con una certa freddezza, a monosillabi, ai discorsi della donnetta; la quale seguitava a dire che quel parrucchiere non valeva piú niente, c'era sempre troppa folla e lavoranti sgarbate; a sua figlia una volta, nella fretta, le avevano versato sul vestito un barattolo di non so che acido; era un bel vestito granata, nuovissimo, e sua figlia l'aveva dovuto far tingere di nero; e il nero non andava mica bene per una ragazzina di diciotto anni.

Disse a mia madre che la conosceva di vista da un pezzo, perché l'aveva incontrata dal calzolaio; avevano lo stesso calzolaio, la donnetta tirò su i piedi calzati di sandali, era davvero un ottimo calzolaio, faceva certe scarpe cosí morbide, che non si sentivano nemmeno; la donnetta non poteva portare altro che sandali, perché aveva i piedi delicati, e non sopportava di sentirseli tutti imprigionati nel cuoio; s'era fatta, per quando pioveva, un paio di galosce di gomma sintetica, leggerissime, come si usavano adesso in America; ma il freddo? indagò mia madre. Non le venivano i geloni col freddo? La donnetta si mise a ridere, non sapeva nemmeno cosa fosse un gelone, perché aveva una buona circolazione del sangue; anzi andava sempre senza guanti e senza cappello, e se un giorno si metteva il cappello, subito si prendeva il raffreddore. Adesso era sicura d'essersi presa il raffreddore, perché non soffriva il freddo ma era delicata per le correnti d'aria; e quel parrucchiere era famoso per le correnti d'aria; adesso, appena a casa, lei si beveva subito una bella tazza di latte col rum.

Uscirono insieme e la donnetta propose di andare a prendere qualcosa al caffè. Disse il suo nome: si chiamava Priscilla Fontana; gli amici la chiamavano Scilla; era separata dal marito, aveva una figlia, e disegnava modelli per una casa di mode. Ma a tempo perso faceva anche un po' la pittrice; allora mia madre cominciò a interessarsi a quella buffa donnetta un pochino insolente; guardava i piccoli piedi nei sandali piatti, il cappottino chiaro, piuttosto frusto e consunto, e la zazzera color del fieno, sventolante nel freddo; e quasi quasi le dispiaceva di non portare dei sandali, ma un paio di scarpe di vernice con altissimi tacchi.

Sedettero al caffè; la signora Fontana aveva lí un appuntamento con la figlia, ma la figlia ancora non si vedeva; mia madre aveva voglia d'una granita con panna, ma non osava ordinarla, nel timore che poi la signora Fontana volesse pagare per lei; cosí ordinò una cosa ben meno costosa, un cinzanino; e la signora Fontana invece ordinò un rabarbaro, con dentro una fettina di limone e una goccia d'amaro. Mia madre adesso desiderava parlare del suo progetto della galleria d'arte; ma non riusciva ad infilare la sua voce tra le chiacchiere della signora Fontana, che non chiudeva bocca un istante; s'era messa coi gomiti sul tavolo, in faccia a mia madre, col suo mento aguzzo puntato sul palmo della mano; adesso parlava cosí presto, che mia madre non riusciva a tenerle dietro; e Barbara, e Gilberto, e Menelao; mia madre non conosceva nessuna di queste persone. Poi scoperse che Menelao era un gatto. Si sentiva stanca e turbata, con la testa confusa; e s'annoiava un po', come sempre quando c'era un altro che parlava invece di lei.

Poi scoperse che Barbara era la figlia; e questa Barbara finalmente comparve. Era bellissima; e mia madre rimase sbalordita, perché non s'era aspettata che quella frusta donnetta avesse una figlia bella. Barbara veniva avanti scuotendo una gran chioma rosso fuoco, pettinata a coda di cavallo; aveva un viso rotondo e florido, denti piccoli e puri, occhi semplici; veniva avanti camminando adagio, con un largo cappotto aperto, dalla cintura che ciondolava; legato al collo aveva un fazzoletto verde, che rendeva smagliante la sua carnagione; sotto il braccio portava una cartella di scuola. Si voltavano tutti a guardarla mentre passava; e mia madre si sentí d'un tratto molto infelice, aveva sempre pensato che Giulia era bella, ma adesso vedendo la figlia della signora Fontana non le sembrava piú cosí bella; in fondo Giulia cos'aveva di bello? Giulia, nessuno s'era mai voltato a guardarla passare; e poi anche se era bella a che cosa serviva, visto che aveva sposato il dottor Wesser? Per un attimo, mia madre vagò sperduta fra amari pensieri, mentre Barbara sedeva al loro tavolo, si slacciava il fazzolettino e ordinava un gelato di fragole con moltissima panna; in seguito, guardando Barbara piú attentamente, mia ma-

dre notò che aveva qualche lentiggine, il naso un po'
a patata e i seni troppo grossi; a trent'anni, quei seni
sarebbero stati cadenti. Chissà cosa succedeva di quei
seni, a trent'anni.

Pure mia madre quella sera ritornò a casa disprez-
zando tutta quanta se stessa; e desiderando di rientrare non nella sua casa, ma nell'appartamentino al sesto
piano in via Tripoli, dove abitava la signora Fontana;
dove aspettava il gatto Menelao, e una serva chiamata
Settimia, cosí affezionata che non voleva salario; ma
la signora Fontana, nonostante le sue proteste, le aveva aperto un conto alla cassa di risparmio. Nell'appartamentino di via Tripoli, c'erano sempre a tavola quattro o cinque coperti; chi veniva era inteso che restava
a pranzo. Poteva capitare Gilberto, l'ex marito della
signora Fontana, erano separati legalmente ma erano
rimasti ottimi amici; Gilberto era nel commercio, e
se le cose gli andavano bene, arrivava con gardenie e
fondants. Oppure poteva capitare Crovetto, un amico
di Gilberto che andava a caccia e portava sempre qua-
glie e pernici; e nessuno come Settimia sapeva cuci-
nare la pernice. Oppure veniva Pinuccio, il fidanzato
di Barbara; perché Barbara cosí ragazzina era già fidan-
zata: un giovanotto di ventisei anni, serio, laureato in
legge; aveva la famiglia in Sicilia, gran famiglia non
troppo contenta del matrimonio: gente all'antica, piena di pregiudizi borghesi: nobilacci, diceva la signora
Fontana; piú tardi si sarebbero persuasi.

Mia madre rientrando trovò il solito Jozek, ed era
un sabato e cosí c'ero anch'io; come sempre Jozek in-
dugiava speranzoso di un invito a cena; e mia madre,
ricordando che la signora Fontana aveva sempre ospi-

ti a tavola, bruscamente lo invitò. Durante la cena, mia madre raccontò dell'incontro; e Jozek, si capisce, affermò di conoscere la signora Fontana, lui voleva sempre saper tutto e conoscere tutti; ma sí, la signora Fontana, una con le gambe corte e la vita lunga; e aveva una figlia coi capelli rossi. Abitavano, l'anno prima, di casa vicino a certi amici suoi; la madre, una matta intrigante; la figlia, una giovane troia. A queste parole di Jozek, mia madre andò sulle furie: Jozek era una lingua maligna, un serpente; certo aveva dato fastidio a quella ragazzina e lei l'aveva messo a posto; e cosí ora lui si vendicava. Chaim, come sempre, cercava di calmare mia madre: probabilmente non stavano parlando delle stesse persone. Ma mia madre rimase di malumore tutta la sera, e pensò che mai piú avrebbe invitato Jozek a cena; era un maleducato, e s'era tirato nel suo piatto tre grosse fette di carne: e cosí non ce n'era piú per domani.

Passammo tutta la domenica, io e mia madre, a riordinare certe vecchie lettere e a incollare in un album le nostre vecchie fotografie: mica soltanto Chaim aveva •un album di famiglia, disse mia madre, anche noi l'avevamo. Giulia se ne stava sul letto in camera sua, perché non si sentiva bene: era incinta, e soffriva di nausee e di vertigini. Chaim era andato a un concerto con Jozek; e Costanza giocava a palla con Carmela in giardino. Fra poco, disse mia madre, fra qualche anno, ci sarebbe stato il bambino di Giulia nel giardino a giocare a palla; lei sperava soltanto che non rassomigliasse troppo a Chaim. E tanto meno a Jozek; odioso quello Jozek, mi disse, un serpente, una lingua velenosa. Ma rivedendo antiche fotografie di me e Giulia piccole, mia madre s'intenerí; ecco Giulia con le sue gambe lunghe, le calze nere, il colletto alla marinara e il gran cappello di paglia, legato sotto il mento con un nastro; e pensare che adesso doveva avere un bambino. L'idea di questo bambino di Giulia, che doveva nascere nell'estate, commuoveva mia madre ma non le faceva dimenticare i suoi soliti risentimenti; l'aveva saputo soltanto quel giorno, per caso, da Giulia che stava sul letto; perché a lei anche le cose importanti gliele dicevano cosí, per caso. E quando ci fosse stato il bambino, mi disse, forse allora finalmente Chaim si sarebbe deciso a guadagnare; perché era vergogna che un uomo a quarant'anni si facesse quasi mantenere dalla suocera; meno male che lei aveva la casa a Dronero, che adesso affittava, la pensione del marito e quel pezzetto di terra, coltivato a vigneti, sulle colline di San Damiano; e poi aveva anche certe azioni dell'Italgas. Se no loro chissà come avrebbero fatto. Di quelle azioni dell'Italgas, mi disse, non doveva saperne niente nessuno; era un suo segreto, e guai se lo sapevano le sue sorelle, altrimenti si sarebbero fatte restituire il denaro che le avevano prestato per comprarsi la casa qui in città. Lei avrebbe restituito quella somma piú tardi, appena vinta la causa che aveva col comune di Dronero, per due locali che le avevano preso pagandoglieli quasi nulla, e dove avevan messo l'asilo infantile. Io le chiesi perché non vendeva un po' d'azioni dell'Italgas, in modo che Chaim potesse farsi uno studio nel centro; e mia madre si offese, mi disse che io non ci capivo nulla di affari, ero una smorfiosetta senza giudizio e volevo parlare di affari.

Ma quando stavo per andarmene, mia madre volle

riconciliarsi con me; volle regalarmi un ciondolo da mettere al collo, ripescato quel giorno in un cassetto fra le vecchie fotografie; e mi disse che la signora Fontana l'aveva invitata a prendere il tè il martedí, col pretesto che poi al caffè mia madre aveva insistito per pagare le consumazioni: e la ragazzina s'era preso un grosso gelato di fragole. La signora Fontana l'aveva pregata di portare al tè anche noialtre due; perché alla fine mia madre era riuscita a raccontare anche lei qualche cosa, e l'aveva informata della nostra esistenza. Mia madre mi disse che non credeva neppure una sillaba di quanto diceva Jozek, serpente, lingua maligna; invece erano persone perbene, bastava guardarle. Temeva che io rifiutassi di venire, e perciò mi disse che la signora Fontana aveva un mucchio di conoscenze, e poteva procurarmi delle lezioni. Lezioni, le risposi, ne avevo parecchie, e non me ne servivano altre; ma promisi che sarei venuta.

Cosí tutt'e tre ci avviammo alla ricerca di via Tripoli, il martedí pomeriggio; io e mia sorella ai lati, mia madre nel mezzo; quanto tempo, diceva mia madre, che non uscivamo a passeggio tutt'e tre insieme; era contenta ma un poco nervosa perché temeva di essere in ritardo; nessuno sapeva dove fosse via Tripoli, e vagammo un pezzo per un quartiere di case nuove, su strade non lastricate, fra pozzanghere e lembi di prato imbrattati d'una neve grigia; alla fine trovammo via Tripoli, un fosso lungo una siepe, che terminava entro un cortiletto pieno di neve e di lastroni di ferro; di là dal cortile, una casa alta e stretta come una torre, protesa nella nebbia sul ciglio della campagna.

Quartiere poco allegro, osservava mia madre men-

43

tre salivamo le scale; ma osservava che le case in centro costano care, e anche a lei era toccato pigliare quella casa in periferia; tuttavia la zona dove abitava le piaceva piú di questa, e chissà come faceva la signora Fontana a girare nel fango coi suoi sandali; quartiere poco signorile, scale faticose e niente ascensore; dovette fermarsi a riprendere fiato, e si tolse di tasca il fazzoletto e s'asciugò la neve sulle scarpe.

Ci venne ad aprire la serva Settimia, una vecchietta infagottata di scialli; e ci condusse lungo un corridoio in un piccolo salottino. Poca mobilia, lampadine fioche; da una porta mezzo aperta sul corridoio, s'intravvedeva una stanza da letto coi letti non ancora rifatti, con una camicia da notte appallottolata su un guanciale. Nell'angolo del salotto, su un divano coperto da un tappeto sardo, c'era il gatto Menelao: un siamese piuttosto selvatico, che non si lasciò accarezzare e scappò subito via. Sedemmo attorno a un tavolo dove stava una piantina grassa in un vaso; e mia madre subito fece le corna, perché le piante grasse portano disgrazia. Sedemmo ad aspettare, guardando di là dai vetri il crepuscolo sulla morta campagna; e mia madre diceva accigliata che non c'era motivo di correre tanto in quel fango, erano persone scortesi che non si facevano trovare in casa dopo averci invitato.

Finalmente arrivò la signora Fontana, e dietro a lei la figlia; e la signora Fontana carica di pacchi cominciò a scusarsi, aveva dovuto girare per commissioni, tra qualche giorno la figlia andava a un gran ballo, e si diede a scartare i pacchi e a mostrare tulle e velluti; aveva disegnato lei stessa l'abito per la figlia: bustino attillato, gonna ricca, tre pieghe sul mezzo davanti, tre pieghe increspate sul dietro: e un ramoscello di roselline allo scollo: una cosa molto vaporosa, una cosa molto *jeune fille*. Mia madre l'ascoltava severa, sempre offesa per aver aspettato: vere o false, le roselline? inquisí bruscamente; fresche, rose fresche, si capisce, rispose la signora Fontana. Poi comparve la serva Settimia col tè; e insieme al tè furono serviti dei biscotti grossi e duri come pietre, di quelli che dànno col caffelatte nelle latterie.

Mia madre chiese di vedere i quadri. La signora Fontana ci portò in un'altra stanzetta dov'erano i suoi quadri ammucchiati: guardammo delle teste livide e bislunghe, non si capiva se di uomo o di donna, con due crocette al posto degli occhi e al posto della bocca un'inferriata; e sullo sfondo case e case addossate contro un cielo a sbarre, case e case con finestre a sbarre e comignoli storti, che mandavano fuori fumo livido.

Sí, disse mia madre, era pittura moderna; altri non la capivano ma lei la capiva; soltanto le faceva un effetto un po' triste, un effetto come di prigione; ma forse era colpa di quel quartiere se la signora Fontana dipingeva cosí a sbarre; perché era un quartiere triste, un quartiere che ispirava idee di prigione. C'erano tutte quelle grandi case che parevano prigioni e caserme, e quella campagna desolata all'intorno. Ma la signora Fontana riguardo al quartiere non era d'accordo: non le sembrava triste per niente, dovevano vederlo in primavera, quando il prato era pieno di anemoni; ci si svegliava al mattino con lo scampanío delle pecore, e lei pigliava tavolozza e pennelli e scendeva a dipingere sull'erba.

45

Si mise a guardare Giulia e disse che aveva una bella testa, una testa interessante; le sarebbe piaciuto farle il ritratto, peccato non c'era piú molta luce. Mia madre adesso era tutta contenta, e si vantò di Giulia che doveva avere un bambino; e la signora Fontana disse che quando fosse nato il bambino si rivolgessero a lei per consiglio, lei aveva lavorato per qualche tempo in una *Kinderheim*, un momento che aveva molto bisogno di denaro. Aveva conosciuto momenti difficili, disse, e se l'era sempre cavata da sola: Gilberto, suo marito, poveretto, non era un uomo su cui potersi appoggiare: un carattere debole, incostante: un matrimonio durato nemmeno un anno; ma erano rimasti buoni amici. Da ragazza, studiava danze classiche; viziata in famiglia e tenuta nella bambagia; poi rovesci finanziari, la famiglia dispersa; e lei per vivere aveva fatto di tutto, contando sulle sole sue forze. Aveva fatto parte di una compagnia di filodrammatici; era stata nel giornalismo; era stata segretaria d'un deputato, e siccome era un vedovo, lei doveva anche fargli da direttrice di casa: c'erano pranzi ufficiali dove stava seduta al fianco di ambasciatori e ministri. Aveva conosciuto ogni specie di persone; la sua vita era tutta un romanzo; e forse, prima di morire, avrebbe scritto le sue memorie.

Mia madre le disse che io ero molto dotata per lo scrivere; scrivevo, da bambina, dei versi; e facevo dei temi che li leggevano in tutta la scuola; ero molto dotata, molto dotata, e adesso ero segretaria di redazione d'una rivista; davo lezioni, avevo quel lavoro nella redazione, e la notte studiavo per pigliare la laurea: e lei aveva una gran paura che mi venisse l'esaurimento nervoso. Domandò alla signora Fontana cosa le sembrava di me: cosa pensava si potesse fare con i miei capelli. La signora Fontana m'agguantò la testa e si mise a voltarmela in qua e in là, riflettendo e arricciando il naso; infine disse che bisognava tagliarmi i capelli cortissimi e fare una permanente a vapore, molto molto leggera. Poi disse alla figlia di portarci di là noialtre ragazze, dopo tutto era una ragazza anche Giulia perché aveva quel viso cosí giovane; e di farci vedere i suoi vestitini e tutte quante le sue cosette; lei voleva parlare un po' con mia madre di quel progetto della galleria d'arte.

Seguimmo la coda di cavallo che svolazzava fiammeggiante su un grembiale da scuola d'alpaga nero; passammo nella camera da letto che intanto era stata assestata alla meglio, i letti rimboccati e ricoperti; sedemmo sui letti, e Barbara ci confessò ridendo che non aveva gran vestiti da mostrare, sua madre bluffava sempre su tutto; ne aveva due, niente di straordinario; forse quello nuovo per il ballo sarebbe stato carino. Era un ballo importante, perché ci sarebbero stati certi parenti del suo fidanzato, venuti in vacanza dalla Sicilia; lui sperava di presentarla a questi parenti, e che loro la pigliassero in simpatia, e tornando in Sicilia parlassero in favore del matrimonio; la famiglia di Pinuccio, il suo fidanzato, non l'aveva mai voluta vedere nemmeno in fotografia, perché non volevano saperne di una del continente; erano tipi stravaganti e superbi, nobilacci, con tanti denari; vivevano asserragliati in un castello a picco sul mare, non si vedeva altro che mare, fichidindia e mare. Il padre pesava piú di cento chili, e faceva le scale abbracciato a due servi;

47

e c'era un mucchio di sorelle ancora zitelle, che portavano il lutto d'uno zio morto in guerra, e perciò non
uscivano mai dal muro di cinta; facevano il pane in casa, facevano certe calze nere lunghe come serpenti e la
sera dicevano il rosario attorno al lume. Lei, se sposava Pinuccio, doveva finire là in mezzo; e proprio non le
andava di finire cosí. Cercava di convincere Pinuccio a
restare nel continente; Pinuccio fra pochi mesi diventava procuratore, poteva aprire uno studio a Torino o
a Roma; e invece lui s'era fissato che voleva tornare in
Sicilia; e sognava soltanto di salire, con lei, la scalinata
che in mezzo agli scogli portava al castello, e chinarsi
con lei a baciare, nell'ombra d'un salone grande come
una piazzadarmi, la mano a quel suo padre di cento
chili.

Pinuccio, il pane che si comprava in bottega non lo
poteva soffrire, e gli mandavano le sue sorelle certe
ruote di pane con la crosta dura, un pane che a tagliar-
lo andava tutto in briciole, perché era vecchio; e gli
mandavano certi salamini tutti imbottiti di pepe, e certi dolci fatti con la chiara d'uovo e col miele; lei una
volta li aveva assaggiati quei dolci, e s'era sentita per
tutto il giorno la bocca come impastata di sapone. Pinuccio, quando veniva da loro a pranzo trovava sempre qualcosa da criticare, perché gli piacevano soltanto le pietanze cucinate in Sicilia; e poi trovava da criticare sul modo come lei andava vestita, e sul modo
come camminava, guai se muoveva appena un poco il
sedere; e guai se la vedeva col rossetto alle labbra, era
capace di prenderla a schiaffi. Era molto geloso; era
abituato con le sue sorelle, che non uscivano mai sole e con tutto quel mare, non facevano mai il bagno di

mare, non avevano nemmeno il costume; lei aveva un costume a un pezzo solo, un costume tranquillo, appena appena un po' nuda la schiena; eppure quando andava in piscina con Pinuccio, litigavano per quel costume. Se lui la sorprendeva a ridere o a scherzare con un giovanotto, diventava come una tigre.

Le faceva la vita difficile, ma lei gli voleva bene, e inghiottiva ogni cosa in santa pace, per l'amore che gli portava. Tante volte la notte stava sveglia, e pensava nella sua testa tutta una lettera da mandare a Pinuccio, per dirgli che non dovevano vedersi mai piú. Sua madre accendeva il lume, e la vedeva là con gli occhi sbarrati; s'impauriva, s'alzava a scaldarle la camomilla, e diceva di lasciarlo perdere questo Pinuccio, se no ci rimetteva la salute; pure anche sua madre a Pinuccio gli voleva un gran bene, e diceva sempre che uno cosí non era mica facile trovarlo, serio, affezionato, ricco e anche bello: e la bellezza, diceva sua madre, in un marito è una merce preziosa. Stavano sveglie a chiacchierare fino al mattino, lei e sua madre, e mangiavano i cioccolatini al liquore che Pinuccio aveva portato in regalo; e alla fine la madre la confortava, forse Pinuccio col tempo sarebbe cambiato, gli sarebbero passate quelle sue manie, e si sarebbe persuaso a non tornare a vivere in Sicilia.

Lei correva a scuola senza nemmeno bere il caffelatte, perché intanto le si era fatto tardi; in classe era tutta stanca e intontita, perché aveva dormito quasi niente, e quando la interrogavano pigliava sempre quattro, tanto era intontita; voleva pensare che non importava, che presto lei si sposava e piantava lí di studiare, ma lo stesso le veniva una gran vegogna, e usciva di scuola in lagrime; ma sulla porta della scuola c'era ad aspettarla Pinuccio, carino col suo paltò di cammello, e la consolava e andavano ai giardini pubblici; e lei a poco a poco dimenticava ogni cosa, i brutti voti che aveva preso e la malinconia di finire forse in Sicilia; quando lui era di buonumore, non sembrava piú lo stesso Pinuccio che certe volte l'aveva agguantata per il bavero della giacchetta, bianco in viso da mettere spavento, solo per uno scemo di ragazzo che passando le aveva fatto ciao.

Mentre parlava, Barbara si trastullava con la sua coda di cavallo, se l'era portata sul petto e se la pettinava con le dita; e ogni tanto tendeva il collo a guardarsi nello specchio del cassettone, e si toccava certe bollicine che aveva sul mento, purtroppo erano i cioccolatini al liquore che le davano quelle bollicine; purtroppo tutte le cose buone e ghiotte facevano danno, adesso in vista di quel ballo famoso bisognava che lei per qualche giorno lasciasse stare i cioccolatini, cosí ci andava con la carnagione chiara. Disse a Giulia che le invidiava la sua carnagione, come faceva a avere quelle guance tanto lisce; con la carnagione di Giulia, disse, ci sarebbero stati benissimo i capelli rossi che aveva lei; e s'avvicinò a Giulia, le circondò col braccio la vita e le accostò alla guancia la coda di cavallo: si specchiarono insieme. Ma lei era bell'e stufa di quella sua parrucca rossa: in classe la chiamavano Polendina.

Quando ritornammo in salotto, ormai la signora Fontana e mia madre si davano del tu; avevano fatto un gran parlare, avevano parlato di un po' di tutto, e avevano stabilito che quella galleria d'arte, cosí come l'aveva pensata mia madre, l'avrebbero messa su insieme: e sarebbe stata una grande cosa, una cosa bellissima, un nucleo intellettuale in quella città che offriva così poche risorse alla gente di cultura. Stavano sul divano come vecchie amiche, e avevano accanto un portacenere pieno di cicche e di bucce di mandarini; e mia madre teneva in grembo il gatto Menelao, e quando entrammo subito ci disse che i gatti sono meglio dei cani; Giulia l'aveva bell'e stufata con quel suo cagnetto. Vedendoci entrare in gruppo, mia sorella e io e Barbara, la signora Fontana gridò che ci avrebbe fatto un ritratto a tutt'e tre insieme; e mia madre disse che però io mi dovevo mettere un abito decente, e con quel maglione da ciclista le ero venuta a noia: sembravo un'operaia sovietica. Invece la signora Fontana lodò il maglione da ciclista; Scilla, la chiamava adesso mia madre; disse Scilla che anzi anche Barbara avrebbe messo un maglione il giorno che avremmo posato per il quadro, e ci saremmo rincantucciate lì sul divano, nell'angolo della finestra: un piatto di mandarini da un lato, il gatto Menelao dall'altro; senz'altro dovevamo venire a posare l'indomani. Io mormorai che non avevo tempo, che avevo da studiare; ma mia madre spingendomi verso l'ingresso dichiarò che un'oretta per la posa l'avrei trovata senz'altro. Restammo ancora un pezzo nell'ingresso, mia madre aveva chiesto qualche romanzo in prestito; Scilla tirò fuori dei libri da uno scaffaletto, erano vecchi libri del marito perché lei non leggeva: le piaceva tanto leggere, ma voleva risparmiarsi gli occhi per la pittura; qualche volta la figlia leggeva ad alta voce per lei. Si tenevano abbracciate alla vita Scilla e la figlia, e si sbaciucchiavano e mischiavano zazzera color fieno e chioma fulva; si chiamavano con vezzeggiativi, bijou, frufru; ma a un certo punto la serva Settimia dalla cucina strillò che la minestra era cotta; la serva Settimia alla sua padrona diceva «Scilla» e le dava del tu. Scilla sottovoce disse a mia madre che non riusciva a farsi dare del lei, d'altronde quella Settimia l'aveva tenuta a balia, stava con loro da tanti mai anni. Mia madre si mise sotto il braccio i libri che le aveva dato, senza nemmeno guardare cos'erano, perché ormai avevamo fatto tardi; e scendemmo rapidamente le scale. Sul portone ci scontrammo con un giovanotto pallido, dai lunghi capelli neri, dal paltò di cammello: ed era certo Pinuccio, perché sopra lo stavano aspettando.

Sul tram che ci riportava a casa, mia madre prese a togliersi dalla gonna i peli del gatto Menelao. Diede uno sguardo ai volumi avuti in prestito e rimase un po' male: erano *I tre Moschettieri*: roba da ragazzi, roba buona per la piccola Costanza. Scilla certo s'era sbagliata: lei le aveva chiesto qualche bel romanzo moderno. Probabilmente Scilla poveretta ci vedeva poco; e perciò dipingeva in quel modo, tutto a inferriate e a sbarre. Chissà, certo anche domani nel ritratto che ci voleva fare, di noi e dei mandarini e del gatto non sarebbe risultato che sbarre.

In tram, io sedevo dirimpetto a Giulia e notai che Giulia aveva le guance colorite, e un'insolita espressione di gioia nel suo sorriso timido; se ne accorse anche mia madre, e appena arrivata a casa disse a Chaim di guardare che bell'aspetto aveva Giulia stasera, soltanto per aver acconsentito a uscire un poco e a distrarsi; bisognava pure di tanto in tanto vedere qualcuno, disse mia madre, se no si scoppiava di noia e la noia faceva male al fegato. Raccontò lungamente a Chaim del pomeriggio che avevamo passato, un bel pomeriggio, in compagnia di persone piacevoli; e raccontò della signora Scilla che aveva lavorato un po' dappertutto, aveva conosciuto ogni specie di gente, ed era stata perfino in una *Kinderheim*. Ma Chaim non sembrava troppo contento che Giulia l'indomani di nuovo andasse laggiú, era molto lontano e lui temeva che potesse stancarsi: e poi a stare in posa ci si stanca. Mia madre allora subito si offese, disse a Chaim che lui non capiva niente, che era un medico dei suoi stivali; si rimpiattò in un angolo del divano, mise gli occhiali e cominciò a leggere *I tre Moschettieri*: perché non l'aveva mai letto, e perché non aveva altro di meglio.

L'indomani, Giulia stava poco bene e rimase tutto il giorno sul letto; cosí da Scilla andammo sole io e mia madre. Mia madre era molto dispiacente che Giulia fosse rimasta a casa, e diceva che certo stava benissimo Giulia, era Chaim che non le aveva permesso di uscire; stava benissimo, era tutta questione di nervi; dopo sposata, Giulia sembrava piú che mai addormentata e depressa; un tempo almeno s'interessava un poco ai vestiti, sfogliava qualche giornale di mode, ma ora anche di questo non le importava piú nulla. Chissà, forse quando avesse avuto il bambino sarebbe diventata piú sveglia. Andavano d'accordo, Giulia e Chaim? Chi poteva saperlo? Litigare, non litigavano mai, almeno in presenza d'altri; a volte Chaim tendeva la mano a carezzare i capelli di Giulia, e lei tirava via la testa; e il dottore subito si rattrappiva, si toccava la cravatta convulso con la spalla che sussultava. Qualche volta, la domenica, lui le sedeva vicino e voleva leggerle, come un tempo, le poesie di Hoffmannstahl; ma Giulia gli diceva di non leggere, che non aveva voglia d'ascoltare; e gli diceva di mettersi piú lontano, perché l'odore della sua sigaretta le dava fastidio. Mia madre diceva che Giulia sarebbe stata diversa con un uomo diverso, meno vecchio e meno triste; Chaim era uno che non credeva piú a nulla, gli erano successe troppe disgrazie. Una volta era stato comunista, quando era piú giovane; adesso non era piú comunista, adesso non era niente; mia madre i comunisti li odiava, eppure quasi quasi avrebbe preferito se fosse stato ancora comunista Chaim; e tante volte gli gridava che almeno i comunisti avevano qualche cosa da proporre per il futuro, e invece lui cosa proponeva, non proponeva niente. Non credeva nemmeno nella sua professione; che la gente dovesse morire o guarire per lui era uguale, visto che la vita, diceva, non portava niente di bello; e certo con una simile concezione non poteva farsi molti clienti, perché da tutta la sua persona spirava scetticismo e sconforto. I malati certo non gli accordavano nessuna stima; e lui a tutti rivolgeva quel suo sorriso mite, amaro e desolato, scoprendo i denti rotti che una volta in Polonia gli avevano spezzato con un pugno in una dimostrazione contro gli ebrei.

Scilla si mise subito a farci il ritratto, a me e a Barbara; Barbara aveva messo un maglione che s'era fatto per andare a sciare: un maglione verde bandiera, con un alto collo rivoltato. Ci mettemmo sedute sul divano, col gatto, ma il gatto a un certo punto scappò via; non c'era il piatto coi mandarini, perché i mandarini li aveva mangiati tutti Barbara a pranzo, e la serva Settimia non volle saperne di scendere a comperarne degli altri. Scilla s'era infilata per dipingere un grembialone lungo, imbrattato di colori; e dipingendo brontolava con mia madre riguardo alla serva Settimia, era una lumaca e bisognava discutere un'ora per farle fare due scale; lei avrebbe avuto una gran voglia d'una servotta un po' giovane. Ma mia madre le disse di guardarsi dalle serve giovani, per esempio la nostra Carmela mandava in briciole tutto quel che toccava.

In quattro e quattr'otto il quadro era bell'e finito: era quello che mia madre s'aspettava, teste bislunghe e livide, una coi capelli a nuvola, l'altra con un pennacchio fiammeggiante; occhi a croce, bocca a sbarre. Ma Scilla era tutta contenta; trovava che vi si vedeva espressa la sostanza della vita moderna, ragazze ardite e spregiudicate, ragazze senza fronzoli né leziosaggini, fatte per battersi al fianco dell'uomo; e vi appese un cartellino con scritto: *Ragazze col maglione*; questo nome avrebbe avuto il quadro sul catalogo, alla prossima mostra; sarebbe stata la sua prima mostra personale, e avrebbe avuto luogo nella galleria d'arte di mia madre. Mia madre osservò soltanto che i miei occhi non erano riusciti troppo bene: io la sola cosa che avevo erano gli occhi, molto espressivi e vivaci, e se mi levavano quelli non mi restava piú niente. Mentre io mi preparavo ad andarmene, sopraggiunse Gilberto, l'ex marito di Scilla: un uomo ancora abbastanza giovane, ma tutto calvo, con dei baffi da mongolo, lunghi e ricurvi, con un cappotto sfilacciato ai polsi; sedette con addosso il cappotto, perché trovava che in quella casa ci faceva un freddo del boia, e disse alla serva Settimia di portargli un cognac. La serva Settimia dava del tu anche a Gilberto, e lo trattava male; gli disse che se in casa faceva freddo, lui perché ci veniva; acconsentí a versargli un bicchierino di cognac, ne offerse anche a noi, rifiutammo e lei subito se ne tornò via con la bottiglia, perché se no quello lí, disse, gliela scolava tutta fino in fondo. Dalla cucina seguitò a gettare imprecazioni e vituperi; e mia madre era un po' sconcertata, ma Scilla le disse di non farci caso, Settimia ormai poveretta non era piú padrona delle sue facoltà: Settimia ormai dava i numeri. Gilberto scagliò un cuscino in direzione della cucina: e chiese a Scilla cosa mai aspettava a levarsi quella vecchia peppia dai piedi. Scilla rispose che quella vecchia peppia l'aveva pure tenuta in grembo bambina. Poi Gilberto si mise a guardare il quadro, carezzandosi i baffi: e infine fece un verso nella gola, che non diceva né di sí né di no. Barbara s'era messa sulla spalliera della sua poltrona, e gli faceva mille tenerezze, babbino, babbino; e lui di tanto in tanto tirava su una mano con un anello d'ametista, e dava uno strattone alla coda di cavallo.

Me ne andai e lasciai là mia madre, che insisteva perché io mi trattenessi ancora un poco; ma era tardi e io dovetti affrettarmi, avevo una lezione all'estremo opposto della città. Per tutta la durata della lezione, una ripetizione di latino a un ragazzetto svogliato, io pensavo a quelle persone fra cui s'era cacciata mia madre; e sentivo un confuso malessere, come se là in mezzo si celasse qualcosa di sospetto; ma non avrei saputo definire né chiarire questa sensazione.

Rincasando, trovai la mia amica che preparava un poco di cena nel nostro cucinino; mangiammo insieme accanto alla finestra, appoggiate al davanzale, guardando la piccola piazza dove gli uomini entravano ed uscivano dall'osteria, si fermavano in circolo sotto i lampioni, scalciavano e scalpitavano per il freddo, e facevano deviare per scherzo lo zampillo della fontanina sull'angolo; a noi era cara quella piccola piazza, con la fontanina, i lampioni e l'insegna al neon dell'osteria, e con in mezzo il monumento di bronzo, dal piedestallo sepolto sotto la neve. Mi pareva che quella piccola piazza, e quel nostro cucinino e la nostra stanza, coi libri e il tavolo dove la sera io studiavo, fosse un porto sicuro a cui tornavo per trovare quiete e conforto. Fra qualche mese, la mia amica si sarebbe sposata; e io sarei rimasta sola in quella stanza, sempre sola la sera a segnare con la matita rossa, in margine alle dispense, le cose che dovevo ricordare; e mi sarei sentita molto sola e triste, senza la figura severa della mia amica che al mio fianco leggeva e fumava, e scacciava la cenere dalle pagine con un colpetto della sua mano larga e vigorosa a me cara. La mia amica era per me un grande appoggio; e soffrivo a pensare che questo appoggio in parte l'avrei perduto, perché quando lei si fosse sposata non avremmo potuto vederci molto di frequente; e glielo dissi, e lei rise e posò sulla mia mano la sua mano calda e robusta, e mi rispose che invece contava di venirmi a vedere spesso, e condurmi a cena nella sua casa dove avrebbe avuto un arnese elettrico per fare i frullati di frutta. Avremmo sempre mangiato squisiti frullati d'ogni specie di frutta; quell'arnese glielo regalavano certi parenti per le nozze ed era un bellissimo arnese, come ce li avevano nei bar. Cosí su questo arnese per frullare la frutta s'interruppe subito il nostro discorso, perché alla mia amica non piacevano i discorsi un po' tristi e patetici, e subito li deviava su qualche oggetto solido e concreto. Conoscevo bene questo tratto del suo carattere: ed ero avvezza ad essere distolta, come portata altrove dalla sua mano imperiosa, quando m'indugiavo a languire su fantasie malinconiche. Mentre ci svestivamo per coricarci, la mia amica mi disse che del resto anch'io dovevo pur pensare a sposarmi; le risposi che certo mi sarebbe piaciuto sposarmi, ma avevo la sensazione oscura che non mi sarebbe mai capitato. Lei mi disse di non abbandonarmi a queste sensazioni oscure; non erano che vuoti vaneggiamenti, e ingombravano l'anima di una nebbia malsana.

Seppi poi che quella sera mia madre se n'era dovuta venir via col quadro: Scilla gliel'aveva regalato e a tutti i costi aveva voluto che se lo portasse subito a casa; l'aveva messo in cornice e l'aveva incartato e gliel'aveva cacciato sotto l'ascella; e mia madre aveva fatto una bella sudata a portarselo fino al tram. Cosí ora le ragazze col maglione guardavano dalle pareti della sala da pranzo; guardavano, coi loro occhi a croce, di sopra alla spalla di Chaim.

Noi cominciammo dunque a frequentare la signora Fontana e la figlia; e perfino a Carmela fu imposto di andare dalla vecchia Settimia, la domenica pomeriggio, visto che la domenica pomeriggio Carmela non sapeva mai dove andare: e se ne stava torva alla finestra della cucina, stropicciandosi i gomiti e stiracchiandosi sui polsi le maniche del golf. Mia madre pensava che Settimia poteva insegnare a Carmela qualche buona pietanza; e Carmela dovette dunque seguire mia madre in via Tripoli, e passeggiare insieme a Settimia su e giú per i viottoli tra i prati. Ma tornò ancora piú stralunata e torva da quella passeggiata sui viottoli, il quartiere non le piaceva, era ancora piú brutto e piú solitario che a casa sua a Dronero, era proprio campagna; e la vecchia Settimia di piatti non ne sapeva. Raccontò poi che Settimia le aveva detto che lei non era la serva, ma una parente stretta della signora, caduta in miseria; e la signora la faceva passare per serva, se no pensavano che la serva non ce l'aveva. Mia madre disse che quella Settimia era matta, e non c'era da credere una parola di quanto diceva; e Carmela allora le chiese perché la mandava la domenica in compagnia d'una matta; lei se doveva stare coi matti, allora tanto valeva che stesse con quel matto di suo padre. Settimia camminava cosí adagio, che s'infreddolivano tutt'e due a passeggiare lungo i prati, nel vento che tirava in quella zona; e Settimia era vestita buffa, con un mantellino tutto a perline cucite, buffa che pareva la befana, e i ragazzi le tiravano dietro manciate di neve. Pure a lei non sembrava tanto matta, forse un po' fissata, proprio matta no. Ma d'altronde gl'incontri fra Carmela e Settimia non furono molti, perché presto Settimia scomparve da casa Fontana; Scilla disse a mia madre che l'aveva rispedita al paese con una buona somma di denaro, era cosí matta e cosí vecchia e non combinava piú nulla. Scilla ora accudiva alla casa da sola, con un paio di guanti di gomma per non sciuparsi le mani; e diceva che ci prendeva gusto a trafficare per casa, a pasticciare in cucina e studiare pietanze curiose. Di serve per adesso non voleva saperne, tanto le serve sono tutte una razza, fanno arrabbiare e sprecano quattrini; piú tardi forse si sarebbe presa un servitore maschio, perché certe sue amiche le avevano detto che un maschio frutta molto di piú. Mia madre le chiese se non avrebbero avuto paura la notte, lei e Barbara sole col servitore; e Scilla rispose che quelle sue amiche le avrebbero mandato un uomo di assoluta fiducia, un parente del loro autista; mica le avrebbero messo in casa uno sconosciuto qualunque. Ma mia madre non era d'accordo su questa cosa del servitore, anche di fiducia un uomo è sempre un uomo, e può venirgli a un tratto qualche brutto pensiero. E poi Scilla non aveva l'idea di quello che mangia un uomo; mica come una donna, che gli dài un piattino di minestra e subito s'accontenta. Mia madre disse a Scilla che le sue amiche le avevano messo in testa una stupidaggine; e invece lei avrebbe potuto scrivere a Dronero alla cugina Teresa, che mandasse una brava ragazza da quelle campagne. Mia madre era un po' gelosa delle amiche di Scilla, di cui sentiva sempre parlare; sperava in segreto che Scilla gliele facesse incontrare una volta o l'altra; erano gran signore con l'automobile, e di tanto in tanto portavano Scilla in una loro tenuta, a qualche chilometro dalla città. Da quelle gite, Scilla ritornava sempre con lo stomaco in disordine, perché le avevano dato troppo da mangiare; e doveva attenersi a una dieta severa, a base di cicoria bollita e di prugne cotte passate allo staccio.

I giorni che Scilla era in gita con le sue amiche, mia

madre non sapeva cosa fare; ormai s'era abituata a vedere Scilla ogni pomeriggio; e in quei giorni, mentre sedeva sola al caffè mangiando la granita con la panna, mia madre si domandava perplessa perché Scilla alludeva sempre ad un prossimo incontro fra lei e quelle altre amiche, e tuttavia non si decideva mai a combinare; e si chiedeva se Scilla non era forse un poco svaporata e inconcludente; per esempio faceva un gran parlare della galleria d'arte, dove avrebbe condotto le sue amiche e tutte le sue conoscenze, e dove a turno lei e mia madre avrebbero tenuto delle piccole conversazioni sui piú svariati argomenti, magari anche sull'emancipazione della donna; ma di tanti locali che avevano visitato insieme lei e mia madre, non ce n'era uno che le andasse a genio. Quanto ai denari per l'affitto dei locali, Scilla diceva che non c'era motivo di stare a pensarci; aveva quelle amiche tanto ricche, le quali senz'altro le avrebbero messo a disposizione la somma necessaria; ma mia madre pensava che la prima cosa da fare, era presentarla subito a quelle amiche.

In quei giorni, per disperazione, mia madre finiva con l'entrare nel negozio delle sue sorelle; curiosava tra i vasellami, sedeva un momento a fumare una sigaretta nel retrobottega, e dava ordine al fattorino di portarle a casa qualche vecchia cassa da imballaggio e un po' di paglia, che serviva a Carmela per accendere il termosifone; e le sue sorelle, molto piú gentili con lei adesso che la vedevano meno sovente, le regalavano anche dei rotoli di corda per stendere la biancheria; e tiravano fuori da un armadietto una bottiglia di marsala all'uovo, e gliene offrivano un mezzo bicchiere. Mia madre brontolava che non avevano nemmeno un biscotto: e senza biscotti il marsala le faceva girare la testa.

Un giorno, mia madre arrivando da Scilla trovò sul divano un ombrello di quelli che quando son chiusi son piccoli piccoli, e stanno dentro la borsetta; Scilla le disse che apparteneva a Valeria, una di quelle amiche della tenuta; se n'era andata via da poco, e l'aveva dimenticato lí. Mia madre, fiutando l'aria, sentiva un profumo acuto; *cœur de lilas*, disse Scilla; Valeria se n'era andata soltanto dieci minuti prima; per caso non l'aveva incontrata mia madre per strada, una bella donna alta, con pelliccia di castorino? No, disse mia madre, non l'aveva incontrata; e quanto al castorino, lei se avesse avuto i mezzi si sarebbe fatta ben altra pelliccia, non certo il castorino che si è visto troppo. Ma il castorino, le rispose Scilla, Valeria lo metteva nei giorni di cattivo tempo: era la sua pelliccia da pioggia. Volle mostrare a mia madre com'era carino l'ombrello, e lo aperse: ma mia madre le disse di richiuderlo subito, perché aprire l'ombrello in casa porta disgrazia.

Scilla seguitava a dire com'era peccato che mia madre fosse arrivata troppo tardi, le sarebbe piaciuto che vedesse Valeria, era molto curiosa di sapere cosa gliene sembrava: un viso forte, disse, un viso originale: mascelle prepotenti, naso aquilino; si tastava le mascelle e le sporgeva in fuori, per mostrare com'erano prepotenti nel viso di Valeria; e mia madre, seduta sul divano a palleggiare l'ombrello, osservò che se davvero ci teneva tanto a fargliela vedere questa Valeria, aveva solo da telefonarle di venire un po' prima; perché mia madre da qualche tempo aveva il telefono, lo aveva dovuto mettere per via di Chaim. Scilla rispose che a telefonare non ci aveva pensato, lei del resto non aveva il telefono, e per telefonare doveva scendere di sotto alla panetteria; il telefono lei non lo metteva e se ne guardava bene, se no con tutta la gente che conosceva sarebbe stato uno scampanellare continuo, e non avrebbe avuto piú pace. Ma mia madre disse che non sapeva spiegarsi perché tutte le amiche che diceva di avere, e Valeria e le altre, non gliele faceva incontrare mai; una cosa strana, disse mia madre, una cosa incomprensibile; e dov'erano tutte queste gran conoscenze, avevano girato insieme lei e Scilla per caffè e cinema, e mai c'era stato un cane che dicesse a Scilla buonasera. Scilla rispose che le sue conoscenze giravano poco a piedi, eran tutte persone con la macchina, e non frequentavano altro che i caffè elegantissimi, quelli dove una tazza di cioccolata costa cinquecento lire; mica quei caffeucci dove andavano a sedersi loro due. Mia madre disse che in quei caffeucci lei s'era sempre trovata bene; e non aveva tutti questi soldi da spendere, visto che per lo piú toccava a lei pagare le consumazioni, perché Scilla o si scordava a casa il borsellino o proprio sul momento di pagare scompariva nella toilette. Mia madre si sentí d'un tratto calda di rabbia, sudata, e il collo le si coperse di chiazze rosse; e si sbatacchiava furiosamente la collana sul petto; e di colpo agguantò la sua pelliccia e andò via. Ma aveva fatto solo due piani di scale, quando Scilla la raggiunse; la prese a braccetto, la riportò di sopra, la baciò sulle guance e la ricacciò a sedere sul divano; e la pregò di non lasciarla sola, perché era triste e aveva un sacco di guai.

Mia madre stette a sentire i guai di Scilla fino a tardi: Scilla aveva pochi denari, non aveva che un piccolo capitale in azioni, e se lo mangiava giorno per giorno; aveva sí quel suo lavoro, disegnare modelli per le sartorie, ma non era un lavoro molto redditizio, e c'erano le stagioni di morta; adesso per esempio non aveva nulla da fare. E poi lei aveva un brutto carattere, un carattere orgoglioso e impertinente; e c'erano sartorie che non le avevano piú dato lavoro, perché aveva risposto male a certe stupide osservazioni; avrebbe dovuto lavorare in proprio; il suo sogno era possedere una piccola sartoria sua, o meglio non una sartoria ma uno di quei piccoli negozi per signora dove si fanno abiti su misura, e dove si vendono anche scarpe eleganti, orologetti alla moda, pantaloni sportivi, guanti e foulards. Lei si sarebbe molto divertita a studiare modelli d'abiti originali, e ad escogitare articoli estrosi, con un pizzico di stravaganza; sarebbe stato un successo sicuro, lo sentiva; e con Valeria quel giorno aveva parlato appunto di questo, chiedendole se le faceva un prestito, almeno per cominciare; perché lei aveva quel suo piccolo capitale, ma non voleva toccarlo. Valeria le aveva promesso un prestito, ma doveva chiedere il consenso al marito e il marito era un tipo antipatico, attaccato ai soldi; tanto avaro che quando il domestico riponeva i vestiti da inverno, lui pretendeva che la moglie contasse le pallottole di naftalina. Cosí chissà se avrebbe acconsentito a quel prestito: Scilla temeva fortemente che dicesse di no. Per questo non aveva ancora voluto parlare a Valeria della galleria d'arte: perché non voleva distrarla dal progetto del negozio. Certo la galleria d'arte era un'idea bellissima, peccato che non poteva rendere molto; e lei aveva bisogno di far subito un po' di soldi; e poi aveva bisogno di bruciare le proprie energie in qualcosa di solido, di veder fiorire un'impresa che le desse subito qualche soddisfazione. La galleria d'arte era un'iniziativa piú lenta e difficile, piena di rischi e incertezze; inoltre lei si sentiva in questo momento un po' lontana dall'arte, vogliosa di risultati immediati e concreti su un piano materiale; era un momento che non le piaceva piú tanto dipingere, prendeva la tavolozza e i pennelli, tracciava qualche segno di colore sulla tela, e subito le veniva un dolore alla nuca, le si annebbiava la vista; forse aveva anche un po' di esaurimento nervoso. E invece almanaccava tutto il giorno su quel negozietto. Sarebbe tornata alla pittura piú tardi, con energie rinnovate; piú tardi, quando Barbara si fosse sposata e lei avesse avuto meno pensieri. Adesso, fra l'altro, s'avvicinavano le nozze di Barbara, e doveva pensare a farle un po' di corredo; perché non la poteva mica mandare nuda a quel castello in Sicilia, fra tutte quelle cognate zitelle che la odiavano prima ancora di conoscerla: bisognava avesse un buon corredo, se no dicevano che Pinuccio s'era presa per moglie una morta di fame. Gilberto poveretto s'era offerto di vendere il suo anello con l'ametista, che portava sempre al dito perché era un caro ricordo; ma Gilberto non aveva mica un'idea di quanto costa un corredo, e ignorava che quel suo anello valeva ben poco. Gilberto purtroppo in questo momento era pieno di guai anche lui, gli affari non gli andavano niente bene; le doveva un fisso al mese, per legge; ma da qualche mese si trovava tanto in difficoltà, che finiva col non mandarle nulla, e lei non aveva cuore di protestare; Gilberto aveva poca salute, soffriva di un'ulcera gastrica e non doveva angustiarsi.

Allora mia madre disse che riguardo al negozietto, non le sarebbe niente dispiaciuto associarsi anche lei all'impresa; non le sarebbe niente dispiaciuto avere una cointeressenza. Quanto ai modelli e alla fattura degli abiti, lei non se ne sarebbe immischiata perché non se ne intendeva abbastanza: benché a Dronero le capitasse sovente di dar consigli alle varie nipoti e cugine, sfogliando giornali di mode e soprattutto il «Vogue». Ma avrebbe potuto tenere l'amministrazione, e trattare con le clienti; questo era proprio il suo forte, e d'altronde l'aveva già fatto nel negozio di vasellami delle sue sorelle: peccato che le sue sorelle avevano idee ristrette, e lei non ci poteva andare d'accordo.

Con una voce leggermente ansante e rotta dall'emozione, disse a Scilla che aveva in una banca un po' d'azioni Italgas; e volentieri avrebbe rilevato una somma, per stanziarla nell'affare del negozietto. Veramente s'era impegnata da tempo a metter su uno studio medico per Chaim, suo genero il dottor Wesser; ma prima voleva pensare a se stessa, perché in fondo Chaim poteva continuare per un poco a andare in giro a visitare i malati con il motorino, e lei non aveva una gran fiducia nell'avvenire di Chaim; certo non era per la mancanza dello studio se Chaim non riusciva a combinare un gran che. Lei voleva per prima cosa pensare a se stessa; perché anche lei, come Scilla, si sentiva piena d'energie da spendere, e non aveva ancora voglia di rimpiattarsi in casa a rammendare le calze e a cullare i nipotini; più tardi, quando il negozio avrebbe cominciato a fruttare, allora si sarebbe pensato allo studio per Chaim. Scilla annuiva seria, con la fronte aggrottata, scompigliandosi con le dita la zazzera color fieno; e infine andò in cerca della bottiglia del cognac, e bevvero lei e mia madre alla salute della loro impresa.

S'accordarono allora che nei prossimi giorni, non appena il marito di quella Valeria avesse dato una risposta, si sarebbero incontrate, Scilla, Valeria e mia madre: e avrebbero dato al progetto una linea concreta. Ma certo non bisognava dimenticare, disse Scilla, nemmeno la galleria d'arte: e conveniva scegliere un locale che si prestasse ad essere trasformato più tardi in una galleria d'arte: occorreva un locale spazioso, illuminato bene. Il negozietto sarebbe stata una cosa un po' provvisoria, tanto per fare subito un po' di denaro, e anche per richiamare su di loro l'attenzione della città. Quale nome dare al negozietto? Mia madre e Scilla pensarono a lungo, e Scilla andava mormorando parole francesi: *coup de foudre, fanfan la tulipe, rayon de bonheur*; ma mia madre non approvava che fosse un nome francese; negozi di quella specie, con nomi francesi, ce n'erano anche per i poveri della parrocchia. Si diedero allora ad enumerare le costellazioni: Ariete, Bilancia, Capricorno; mia madre era nata sotto il segno dell'Ariete, e il nome Ariete non le dispiaceva per niente; Scilla era nata sotto il segno del Sagittario. Ecco il nome che avrebbero scelto, gridò Scilla, Sagittario; inutile cercare ancora, un nome piú bello non si poteva trovarlo. Ed era adatto anche per la galleria d'arte; e cosí il giorno che mettevano la galleria d'arte al posto delle scarpe e dei guanti, non c'era nemmeno bisogno di cambiare nome.

Poi Scilla riprese il racconto dei suoi dispiaceri. Barbara le dava grosse preoccupazioni; aveva quel fidanzato cosí geloso, e lei tremava sempre di paura che litigassero e rompessero il fidanzamento. Barbara era proprio sua figlia, le rassomigliava in ogni cosa; era tutta pepe e sale, un caratterino. A vedere il fidanzato geloso, si metteva a civettare con i compagni di scuola, apposta, per dispetto; niente, quattro smorfie di ragazzina; ma il fidanzato minacciava di battersi a duello con questo e quell'altro e di fare una strage. Per esempio c'era stato quel ballo. Scilla era stata due notti in piedi a tagliare e cucire il vestito; ed era venuta una cosa deliziosa, Barbara era deliziosa con tutto quel tulle, le roselline fresche e i capelli sciolti; e Scilla anche lei era abbastanza discreta, col suo vecchio lamé. C'erano dunque al ballo i parenti di Pinuccio venuti dalla Sicilia, una coppia di sposi: la moglie, bardata di viola come un vescovo; il marito con un frac troppo stretto, con la collottola bruna e grinzosa da contadino, e gran ciuffi di peli nel naso e nelle orecchie: gente uscita da un buco vicino a Catania, gente da poco, senza nessuna larghezza di idee. Bene, Pinuccio aveva condotto Scilla e Barbara davanti ai suoi parenti e le aveva presentate: e loro avevano allungato due dita, due dita mosce mosce, e poi s'eran voltati in là. Barbara si capisce era rimasta male; era diventata rossa rossa, e non sapeva dove guardare; e Pinuccio anche lui era tutto mortificato, e se ne stava fra Barbara e i suoi parenti, cincischiando il fazzoletto e facendo scricchiolare le scarpe: allora Barbara gli aveva girato le spalle, aveva raccolto la sua gonna a svolazzi e s'era allontanata per conto suo. Subito le si era fatto intorno un crocchio di giovanotti; ed ecco Barbara a ballare e a ridere, a far chiasso e a bere champagne: e i parenti di Pinuccio diventavano sempre piú cupi, e Pinuccio guardava piantato in piedi accanto a una tenda, fumava una sigaretta dopo l'altra e strapazzava la tenda con le mani sudate; e Scilla gli si era avvicinata e gli aveva chiesto perché non ballava; e lui le aveva dato una brutta risposta. Nel ripensare a quella risposta, Scilla quasi aveva le lagrime agli occhi; se n'erano venute via sole dal ballo, perché Pinuccio al momento d'uscire non l'avevano piú trovato; e Scilla per economia non aveva voluto prendere un taxi. Ma il marchese Petrocchi le aveva viste mentre se ne andavano sole a piedi, le aveva rincorse con la sua macchina e le aveva fatte salire; il marchese aveva ballato con Barbara tutta la sera, e portava infilata all'occhiello una sua rosellina. Sul portone di casa c'era Pinuccio, rimpiattato in fondo a un taxi; era là che aspettava, e chissà da quanto aspettava, e chissà com'era salito il tassametro. Pinuccio era saltato fuori dal taxi, s'era piantato di fronte al marchese, e gli aveva strappato la rosa dall'occhiello; stava per pigliarlo a pugni, Scilla e Barbara s'erano messe a gridare; ma il marchese era una persona di spirito, e aveva saputo volgere la cosa in scherzo; e Scilla aveva invitato Pinuccio e il marchese a venire a spiegarsi di sopra; gli aveva dato un cognac a tutt'e due, e Pinuccio a poco a poco s'era calmato, e aveva chiesto scusa tanto al marchese che a loro; infine il marchese e Pinuccio se n'erano andati via insieme, da ottimi amici, e anzi il marchese aveva offerto a Pinuccio la sua macchina per l'indomani, se voleva accompagnare in giro i parenti di Catania. Ma intanto lei e Barbara erano stanche e snervate; e lei aveva un po' sgridato Barbara perché in verità al ballo non s'era mica portata bene: gettava certi strilli e certe risate che si sentivano fin giú nella strada. E Barbara allora si era cosí arrabbiata, che spogliandosi aveva fatto uno squarcio nel tulle della sottana.

No, disse Scilla, non era semplice allevare una figlia; e si pensava che adesso, nella nostra società moderna, certi pregiudizi dovessero essere scomparsi; invece no, invece lei per il fatto che era separata dal marito si trovava esposta a tutte le maldicenze. E Barbara poi era cosí chiassona e bamboccia, che tanti la pigliavano per civetta quando invece non era che una monella; e mia madre disse che infatti Barbara non aveva una buona fama, ed era meglio che si sbrigasse a sposarsi perché in giro ne parlavano male. Scilla subito divenne furiosa, e volle sapere chi mai parlava male di Barbara; e mia madre disse che a lei gliene aveva parlato male una volta Jozek, il fratello minore di Chaim. Scilla chiese dove stava di casa questo Jozek, e voleva che mia madre subito glielo portasse davanti, per sbatterlo contro il muro e fargli dar fuori tutto il veleno che aveva in corpo; ma chi era questo Jozek, loro non l'avevano mai visto in faccia e non sapevano neppure chi fosse. Soltanto l'addolorava che mia madre, sentendo quelle cose, fosse rimasta zitta e non l'avesse scaraventato fuori della porta, quel verme; Scilla se qualcuno osava dire una sola parola su mia madre o sulla nostra famiglia, diventava una iena perché era una vera amica; e credeva che anche mia madre fosse una vera amica per lei.

Mia madre rimase molto mortificata, e disse che se proprio non l'aveva messo alla porta Jozek, pure l'aveva strapazzato ben bene. E giurò che Scilla su di lei poteva contare; era una vera amica, erano amiche e in futuro avrebbero lavorato a fianco a fianco, solidali l'una con l'altra come due sorelle. Per Barbara, disse mia madre, non doveva prendersi pena; se per un caso qualsiasi non si sposava con Pinuccio, trovava subito chissà quanti altri partiti: era cosí carina, niente timida, e aveva anche il marchese che le stava intorno; ma Scilla disse che il marchese era bell'e sposato e aveva quattro bambini.

Mia madre la sera rientrando trovò Barbara che era venuta a tenere compagnia a Giulia; stavano, Barbara e Giulia, sedute a chiacchierare in sala da pranzo; Barbara fumava, ma non pareva che la sua sigaretta desse noia a Giulia, lei che invece protestava sempre quando sentiva l'odore della sigaretta di Chaim. Giulia era tutta animata e contenta; avevano preso il tè, avevano mangiato molti cioccolatini al liquore, e Barbara teneva in grembo il cagnetto e gli dava delle zollette di zucchero; e mia madre aveva voglia di dirle che la piantasse di sprecare lo zucchero per il cane; e anche aveva voglia di dirle che non stava bene fumare tanto, una ragazzina di diciotto anni. Ma non disse nulla, perché le faceva piacere veder Giulia contenta; e invece se la prese con la piccola Costanza, che aveva versato una bottiglietta d'inchiostro sul tappeto. Corse subito a mettere il tappeto a bagno, e intanto si proponeva di scrivere alla cugina Teresa che venisse a ripigliarsi la figlia: perché al ginnasio non combinava niente, e aveva riportato una pagella orribile.

Rincasò Chaim con Jozek, Jozek fu presentato a Barbara, e subito si mise a parlarle di quei conoscenti che avevano in comune; Barbara li ricordava piuttosto vagamente; sí, quei vicini di casa, in via Lucrezio dove abitava l'anno scorso; lei e sua madre avevano cambiato tante volte alloggio. Jozek prese poi a discutere con lei, sempre con quella sua aria saccente, a proposito di un romanzo intitolato *Il crepuscolo degli dèi*; doveva essere di uno scrittore polacco, bell'e morto da un mucchio di tempo. Infine Jozek propose a Barbara di riaccompagnarla a casa sulla canna della sua bicicletta; e mia madre li vide dalla finestra che salivano insieme sulla vecchia bicicletta sconquassata di Jozek; e Barbara si avviluppava la testa nella sciarpa, per ripararsi dal vento. Ecco, disse mia madre, ecco com'era Jozek: sputava nella minestra e poi la mangiava.

Mia madre i giorni seguenti restò in attesa d'una telefonata di Scilla; Scilla al solito se n'era andata nella tenuta di Valeria, lasciando Barbara in casa di una compagna di scuola; non conduceva mai Barbara con sé alla tenuta, perché Valeria non aveva niente pazienza con le ragazze giovani; in verità Valeria aveva un amante, e forse non le piaceva che questo amante vedesse il suo viso travagliato accanto a quello cosí fresco di Barbara. Anzi Valeria e Barbara si conoscevano appena; e Scilla non gradiva che s'incontrassero, perché Valeria usava sempre un linguaggio piuttosto crudo e spregiudicato. Al ritorno, Scilla doveva dunque telefonare a mia madre e fissarle un appuntamento con Valeria, per discutere del *Sagittario*. Mia madre del *Sagittario* non ne aveva parlato a nessuno in casa, e contava di parlarne soltanto quando la cosa fosse già incamminata; e anzi non desiderava dire che lei ci metteva dei soldi, perché temeva un rimprovero da parte di Giulia e Chaim; e con l'idea che non gli dava per ora i soldi per lo studio, ma invece li impiegava altrove, mia madre si sforzava di essere un po' piú gentile del solito con Chaim: gli chiedeva notizie dei suoi malati, e gli chiedeva se non era forse il caso di far prendere alla piccola Costanza qualcosa a base di fosforo, in modo da farla diventare meno tonta a scuola. Mia madre era molto di buon umore, e si preparava all'incontro con la famosa Valeria: si provava diversi abiti, e s'appuntava sullo scollo ora un fiore di velluto, ora una spilla di strass; e seduta in camera sua davanti allo specchio, con il mento appoggiato sulla mano e le ginocchia accavallate, guardava i riflessi che avevano le calze sui suoi polpacci; e andava mormorando fra sé tutti i discorsi che avrebbe fatto con Valeria, sorrideva, annuiva col capo e aggrottava le sopracciglia; e ogni tanto sporgeva la mascella in fuori, per imitare il ghigno risoluto di Valeria e la sua grinta imperiosa; e una volta mentre sporgeva in fuori cosí la mascella entrò Costanza per chiamarla a tavola; e Costanza rimase per un attimo stupita sulla soglia, a vedere mia madre che si specchiava facendo quelle bocche. Mia madre sgridò Costanza, che era entrata senza bussare: e scendendo le scale brontolava contro la cugina Teresa, che non sapeva dare un'educazione ai suoi figli e li tirava su da monellacci.

Un pomeriggio arrivò finalmente la telefonata di Scilla: l'appuntamento con Valeria era fissato per le cinque al caffè. Mia madre si stupí che avesse scelto quel caffè dove andavano sempre, e non invece uno di quelli eleganti, piú adatti forse per Valeria, e dove una tazza di cioccolata costava cinquecento lire.

Mia madre aspettò a lungo, seduta al caffè, tormentandosi la spilla di strass e incipriandosi il naso ogni cinque minuti: era una giornata di vento, e la pelle, per il vento o forse per l'emozione, le si era fatta ruvida e chiazzata; e il naso, a forza di incipriarlo, le era diventato tutto giallo. Mia madre si rammaricava che Valeria non la vedesse in uno dei suoi momenti migliori; il vento le aveva scompigliato i capelli, e inutilmente cercava di ricomporseli sotto al berretto; apriva e richiudeva la borsa, si asciugava la punta del naso col fazzoletto, e come sempre quando era molto nervosa, si sentiva le ascelle bagnate di un sudore freddo. Infine ecco sopraggiungere Scilla sola, e inoltrarsi fra i tavoli nel suo paltoncino chiaro; la zazzera color fieno era arruffata dal vento, e i suoi occhi miopi scrutavano attorno con espressione incerta e svagata; che personcina ridicola, pensò a un tratto mia madre, e com'era frusto e ridicolo quel suo paltoncino; da quando la conosceva le sembrava imbruttita, e oggi aveva un'aria sbatacchiata e stanca; e perché era sola? Niente, disse Scilla sedendosi, niente per adesso con Valeria; il marito di Valeria era cascato

74

da cavallo e s'era rotto tre costole; l'avevano ricoverato in clinica, e Valeria non poteva staccarsi dal suo letto. Poi c'era tutta una storia, l'amante di Valeria forse la lasciava; insomma adesso Valeria non aveva testa per il prestito; poveretta, era fuori di sé; e intanto il marito la voleva sempre vicino, noioso e capriccioso come un bimbo piccolo; e Valeria, quando aveva troppa voglia di piangere, doveva rifugiarsi nel *water closet*. E allora? chiese mia madre, ed era tanto delusa che anche lei aveva quasi voglia di piangere; e si sentiva a un tratto molto stanca, braccia e gambe morte: perché aveva tanto aspettato, e adesso invece non succedeva piú niente. E allora, disse Scilla, era tutto rimandato fino a data da destinarsi; lei cosa ce ne poteva, era tanto giú di morale; e poi ecco che cosa le era capitato con Barbara.

Partendo per la tenuta, l'aveva affidata per quei giorni alla madre d'una compagna; ma si capisce che le aveva lasciato le chiavi di casa, perché poteva servirle qualche libro o un paio di calze; insomma lei tornando era andata in cerca di Barbara, e in casa della compagna non l'aveva trovata, se n'era uscita dopo il pranzo e non sapevano dove fosse. Scilla era corsa a casa loro in via Tripoli, e Barbara era là con Pinuccio; soli, in camera da letto; là soli da piú di due ore. A Scilla era sembrato che tutt'e due avessero un'aria sconvolta; era tornata un giorno prima di quello che aveva detto, e certo loro non se l'aspettavano di vederla arrivare; Barbara aveva come delle ditate rosse sul collo, e la coperta del letto era tutta pestata. Scilla aveva comandato a Pinuccio di seguirla nel salottino; e a Barbara aveva comandato di lavarsi la faccia, pettinarsi e ricomporsi un poco; e chiusa nel salottino con Pinuccio gli aveva detto chiaro che se non si sposavano subito, andava a denunziarlo in questura per violazione di domicilio, abuso di minorenne e mancata promessa. Pinuccio le aveva giurato che non pensava ad altro, e aspettava soltanto il consenso dei suoi; niente consenso, aveva detto Scilla, lei ne faceva a meno del consenso: Pinuccio d'altronde aveva passati i venticinque anni, possedeva una casa a Catania e un reddito sufficiente per mantenersi da sé.

Mia madre rimproverò a Scilla d'aver lasciato Barbara senza sorveglianza; per andarsene a quella stupida tenuta, ecco che cosa le era successo. E perché non aveva affidato a lei Barbara, invece che a una famiglia sconosciuta o quasi? Perché piuttosto non la aveva affidata a Gilberto? A Gilberto, disse Scilla, Gilberto stava in una stanzetta dove c'era appena il posto per la sua branda; e faceva una vita scombinata, giocando a carte con i suoi amici fino a tarda notte. Sí, forse aveva sbagliato a non affidarla a mia madre; Barbara si trovava cosí bene con noi, e soprattutto con Giulia; erano diventate grandi amiche Barbara e Giulia, e Scilla pensava che a Barbara doveva giovare la compagnia di Giulia cosí dolce, cosí tranquilla; ma Scilla aveva sempre paura che Barbara in casa di mia madre potesse disturbare. Al contrario, disse mia madre; comunque ora forse le cose si mettevano bene, forse Pinuccio si decideva a sposarla subito; e Scilla doveva pensare al corredo. Macché corredo, disse Scilla, ormai non c'era piú tempo di stare tanto dietro al corredo; Pinuccio fra qualche giorno dava gli esami di procuratore, ed entro un mese quei due bisognava che fossero marito e moglie.

Cosí fra poco lei sarebbe stata piú sola che mai, disse Scilla; ed era assolutamente necessario che avesse un'occupazione, perché se no le prendeva voglia di morire; bisognava che assolutamente si tenessero stretta quell'idea del negozio, e anche se da Valeria non riuscivano ad ottenere il prestito, bene, lei Scilla avrebbe buttato nell'impresa il suo piccolo capitale; poi da vecchia se non le restava piú nemmeno una lira, sarebbe andata a chiedere l'elemosina sulle scalinate delle chiese. Sí, disse mia madre, quell'idea del *Sagittario* non dovevano abbandonarla; di Valeria ne facevano a meno; se mettevano insieme i loro risparmi, potevano avviare anche subito un bel negozietto. Scilla tirò fuori una matita, la bagnò di saliva e si diede a far calcoli sul tovagliolino di carta che avevano portato insieme alle tazze di cioccolata; perché mia madre aveva ordinato due tazze di cioccolata calda con panna, cosí almeno si riconfortavano il cuore. Mia madre voleva seguirla in quei calcoli, ma non le riusciva; il suo pensiero balzava abbagliato fra Pinuccio e Barbara, Valeria e l'amante, il marito e la clinica, Gilberto sulla branda e il *Sagittario*: perché Scilla aveva il potere di riempirle la fantasia d'immagini, e mia madre ricordava bene che prima di conoscere Scilla, la sua vita era ben grigia e nuda.

Poi Scilla per qualche tempo fu assorta nei preparativi del matrimonio; e aveva detto che non faceva nessun corredo, ma invece qualche capo di corredo lo fa-

77

ceva. Era tanto eccitata che la notte non riusciva a dormire, e stava alzata a ricamare il punto ombra sulle camicie; sapeva ricamare molto bene, era stata da piccola in un collegio di monache. Barbara ora aveva lasciato la scuola, e oziava per casa guardando dalla finestra se veniva Pinuccio; perché sua madre le aveva proibito di uscire, se no incontrava qualche ragazzo e aveva occasioni di civettare. Le permetteva di uscire soltanto per venire da Giulia; e Barbara passava con Giulia pomeriggi interi. Sedevano insieme sul divanetto in sala da pranzo, s'appoggiavano al davanzale della finestra e guardavano i treni; Barbara cingeva col braccio la vita di Giulia ingrossata dalla gravidanza, e diceva che lei voleva sei figli, tre maschi e tre femmine. Poi voleva anche un cane lupo, una scimmia e una gabbia di pappagalli: tutte bestie che desiderava da quando era bambina. Gatti non ne voleva perché il suo gatto Menelao, in una zuffa su per le grondaie, aveva perso un occhio; era diventato bruttissimo, e forse soffriva, e avevano dovuto telefonare alla Società Protezione degli Animali, che se lo portassero via: lei non voleva aver piú niente da fare coi gatti, se no si ricordava di quel suo gattino. Pinuccio adesso era buono, non piú tanto geloso, e aveva scritto ai genitori che si sposava e loro avevano mandato una lettera non poi tanto arrabbiata; e le sorelle avevano mandato a Barbara in regalo una torta fatta da loro, con uva secca, noci e mandorle, che Barbara aveva mangiato quasi tutta in un colpo, e il giorno dopo era piena di bollicine. Sí, forse dopo sposata finiva in Sicilia; ma adesso non le dispiaceva piú tanto, forse quelle cognate non erano poi tanto male.

78

E vi fu il matrimonio: una cosa piuttosto sbrigativa. Venne Scilla ad avvertire mia madre che la cerimonia era fissata per il giorno dopo, nella chiesa di San Pietro e Paolo, alle cinque di sera; perché sposarsi di sera, domandò mia madre, come le sedotte e le vedove, e perché la chiesa di San Pietro e Paolo, la piú buia della città? Scilla disse che Pinuccio aveva deciso cosí; Pinuccio era di nuovo di pessimo umore, e non voleva nessuno al matrimonio, noi soli, perché sapeva che eravamo amici veri; non voleva altra gente, dato che c'erano state persone cattive le quali avevano scritto a suo padre un mucchio di bugie su Barbara, Scilla e Gilberto: e il padre aveva creduto ogni cosa, e il giorno prima aveva mandato una lettera piena d'ingiurie; e la madre, una povera donna spaventata, schiava del marito e invecchiata nella penombra di una cucina, di nascosto aveva mandato poche righe bagnate di lagrime e un anello con un rubino. Cosí Pinuccio era molto abbattuto, e non voleva nessuna specie di festeggiamenti. Ma a Barbara non aveva detto nulla, per non addolorarla; e Barbara si sposava sicura che tutto quanto s'era sistemato con la famiglia di lui, e un po' arrabbiata che non si facesse un festino. Dopo le nozze, Pinuccio e Barbara partivano per Catania, ad allestire un piccolo appartamento che lui possedeva e a tentare una riconciliazione con la famiglia.

Al matrimonio dovetti essere presente anch'io, perché mia madre mi venne a prendere; e mi tolse di dosso il maglione e mi fece indossare una blusa nuova che m'aveva comperato apposta, perché ci teneva che io facessi bella figura; e lei s'era messa in gran pompa con un tailleur nero sotto la pelliccia, sperando in segreto di vedere Valeria; ma Valeria non c'era, Scilla disse che si trovava ora a fare i fanghi all'Isola d'Ischia; c'era solo Gilberto, un amico di Gilberto che era poi quello che andava a caccia e prendeva pernici, uno con l'impermeabile e con un basco nero; e Giulia e Chaim. Barbara aveva un vestitino azzurro liscio e semplice, ed era bellissima: sul capo aveva un piccolo velo da sposa, e la fiammeggiante coda di cavallo tutta attorta in un grosso chignon. E mia madre a vedere quel matrimonio si commoveva e sentiva bruciare l'antica ferita; e confrontava Pinuccio, alto e giovane e solido nel suo doppio petto blu scuro, occhi languidi e lunghi capelli neri lievemente arricciati sulla nuca, con la figura curva e sussultante di Chaim.

Dopo la cerimonia, andammo a prendere qualcosa al caffè: il solito caffè dove sedeva sempre mia madre. Il cameriere ormai conosceva bene Scilla e mia madre, e venne a fare le sue congratulazioni; ci mettemmo tutti attorno a un tavolo, Scilla ordinò paste e vino bianco, e brindammo agli sposi. Gilberto e l'amico se ne stavano un poco in disparte, discorrevano fitto tra loro, e Gilberto annuiva serio, carezzandosi i baffi; e d'un tratto scoppiava in una risata secca e stridula, che pareva una scarica di fucile. A quelle risate, Pinuccio trasaliva e si faceva piú torvo; e guardava di traverso quei due con i suoi occhi lunghi, neri e languidi, metteva un sospiro e stringeva i denti e tamburellava con le dita sul tavolo. Barbara gli sedeva accanto, e con la mano paffuta e lentigginosa gli carezzava il bavero del paltò di cammello; e si riassestava le forcine nello chignon, che si era un po' allentato e le ricadeva sulla nuca, pronto a ritrasformarsi in coda di cavallo. Scilla, con la sua voce rauca e ronzante, chiese a Chaim cosa si poteva fare per l'ulcera di Gilberto; un'ulcera vecchia di tanti anni, e trascurata, perché Gilberto fumava e beveva whisky e cognac e non voleva saperne di stare a regime. Gilberto dichiarò che oltre all'ulcera aveva anche l'ameba, se l'era presa quando combatteva in Albania; e allora l'amico dal basco nero gridò che la piantassero di parlare di ulcera e di tutti i marci guai che avevano: stavano festeggiando un matrimonio.

Poi dopo qualche bicchiere di vino Scilla era tutta accesa e commossa; e tuffò la sua zazzera color fieno nella pelliccia di mia madre. Ma Gilberto disse che non c'era tempo per le lagrime, ormai era tardi e il treno partiva; e bisognava ancora andare a casa a prendere le valigie. Chiamarono un taxi, e mia madre volle salire con loro per accompagnarli; e l'amico dal basco nero montò su una lambretta e scomparve sventolando un grosso guanto di cuoio.

Ci incamminammo per rientrare, io, Chaim e Giulia; e Giulia lagrimava in silenzio, a testa china, mordicchiandosi un guanto; e Chaim disse che certo era un gran peccato che Barbara andasse ad abitare cosí lontano, in Sicilia; perché era per Giulia una buona amica. Ma la madre di Barbara, disse Chaim, quella Scilla, non gli era troppo simpatica: e non poteva soffrire il modo come dipingeva. E Gilberto gli era ancora meno simpatico: e lui non capiva che gusto ci provasse mia madre a cacciarsi fra quelle persone. E dissi anch'io che non mi piacevano troppo; ma Giulia non disse nulla, e seguitava a succhiarsi la punta del pollice nel guanto e a lagrimare.

Mia madre quella sera, dopo la partenza degli sposi, andò a cena con Scilla e Gilberto in una piccola trattoria nei pressi di via Tripoli; e Scilla espose a Gilberto il progetto del *Sagittario*. Carezzandosi i baffi, Gilberto ascoltava; fece poi un verso nella gola, che non diceva né di sí né di no; e rimase ancora a lungo in silenzio, carezzandosi i baffi, stropicciandosi la testa calva e guardando altrove. Infine mentre stava per andarsene, disse che forse Crovetto, quel suo amico dal basco nero, sapeva di un locale in vendita, un locale abbastanza in centro, che era stato prima una merceria. Allora Scilla gli disse di telefonare subito a Crovetto: e lui, come di malavoglia, si fece dare un gettone al banco e si mise al telefono, tappandosi l'altro orecchio con la mano perché c'era chiasso.

Il locale lo vendevano per sei milioni. Era, a quel che diceva Crovetto, un'occasione unica: centralissimo, sull'angolo fra via della Vigna e via Monteverdi; e aveva accanto una rinomata pasticceria. Crovetto conosceva il proprietario e poteva accompagnarle da lui l'indomani; il proprietario aveva un'agenzia immobiliare in via San Cosimo; d'altronde anche Gilberto lo conosceva un poco. Quando Gilberto se ne fu andato, Scilla e mia madre conversarono ancora a lungo sedute al tavolo; poi uscirono e passeggiarono avanti e indietro sulla pensilina al capolinea del tram. Mia madre aveva investita in quelle azioni Italgas una somma che superava di poco i cinque milioni; e Scilla aveva delle Incet, che a rivenderle avrebbero fruttato circa tre milioni. Bisognava, disse mia madre, convincere il proprietario a cedere il locale subito per quattro milioni; e il resto l'avrebbero versato mese per mese.

L'indomani Scilla venne a prendere mia madre di buon mattino. Avevano un appuntamento con Gilberto e Crovetto, nella pasticceria di via della Vigna; mentre aspettavano, mangiarono qualche pasta; ma ecco arrivare Crovetto sulla sua lambretta, con Gilberto appollaiato sul sellino. Il locale era lí sull'angolo, con la vetrina impiastricciata di biacca; e all'interno si vedevano uomini e scale, perché lo stavano riverniciando.

Andarono in cerca del proprietario. Abitava poco distante, in fondo a un lungo portone stretto dove c'era lo studio d'un fotografo; avanzarono nella penombra, tra fotografie di ragazze raggianti e di ufficiali in piedi; giunsero a una porta a vetri dov'era scritto: «Agenzia Pacini»; la porta s'aperse scampanellando. Uscí fuori una bionda ossigenata che si stava facendo il manicure: era la moglie del proprietario, e li fece accomodare in un salottino, spalancando le imposte a illuminare addobbi di raso giallo. Sedettero, mentre lei seguitava a lustrarsi le unghie con un pezzo di pelle scamosciata; sembrava in confidenza con Gilberto e Crovetto, e fra loro alludevano di continuo a un certo Gaspare che aveva vinto al poker. Quel locale, sí, doveva essere in vendita; il prezzo lei non lo sapeva; suo marito adesso era a Genova, tornava fra una diecina di giorni. Seguitarono, Gilberto e Crovetto e la bionda, a chiacchierare fra loro evocando una serata dove avevano fatto i dispetti a una ragazza chiamata Maria; alla fine, Maria era fuggita in lagrime. Gilberto dava in quelle sue risate acute e stridule, ricordando le lagrime di Maria; ma mia madre, dentro di sé, parteggiava per Maria pienamente. Mia madre si sentiva a disagio, in quel salotto tutto bardato di giallo, con una enorme conchiglia appesa al muro e con un mazzo di piume di struzzo ondeggianti in un vaso: e le piume di struzzo portano scarogna.

Ma Scilla bruscamente s'alzò, si chiuse addosso il suo paltoncino, scosse la zazzera color fieno, e dichiarò che sarebbero tornate fra dieci giorni. La bionda invitò Gilberto e Crovetto a restare; avrebbe chiamato anche Gaspare, il quale stava al piano di sopra, per fare una partita a poker; e avrebbe preparato per pranzo un timballo coi funghi. La bionda salutò Scilla freddamente, senza guardarla e senza darle la mano; a mia madre porse un dito distratto. Mentre la porta si richiudeva scampanellando dietro di loro, parve a mia madre di udire alle sue spalle la risata di Gilberto, secca e stridula, come una scarica di fucile; e si sentiva sempre piú a disagio, stanca, e con una gran voglia d'essere a casa sua: e provava una vergogna, come se l'avessero mortificata. Ma Scilla la prese a braccetto e le disse che era furiosa: quello sfacciato di Crovetto le aveva portate in casa della sua amante, una poco di buono, una donnaccia. Scilla si sentiva avvilita per mia madre, che quel Crovetto le avesse mancato di riguardo a quel modo: sfacciato, insolente che non era altro, a portarle in quella lurida casa; lei si era trattenuta a stento dal fargli una scenata in presenza della sua puttana. Mia madre finí col consolarla; dopo tutto bisognava pure che trattassero col proprietario. Ma Scilla disse che d'ora innanzi avrebbero trattato Gilberto e Crovetto per loro: perché loro in certi sudici luoghi non dovevano metterci piede. Mia madre le chiese notizie di quella Maria che avevano fatto piangere; ma Scilla non sapeva chi fosse. Ecco che gente frequentava adesso Gilberto, disse Scilla, ecco adesso come passava le sue giornate: a giocare a poker, a bere whisky. Ed era anche diventato cinico e crudele: si divertiva a far piangere le ragazze. Andarono, Scilla e mia madre, a rivedere il locale; era ormai mezzogiorno, gli operai se n'erano andati e la serranda era chiusa; loro due sostarono un poco lí accanto, per vedere se passava gente elegante su quell'angolo di strada; infine, prima di rincasare, entrarono un altro momento nella pasticceria, perché a mia madre, a sentire di quel timballo coi funghi, le era venuta fame.

Poi Scilla partí per la tenuta di Valeria, e rimase via piú di una settimana. Tornata da Ischia, Valeria voleva ora dimenticare il suo amante, che l'aveva definitivamente lasciata; e Scilla doveva tenerle compagnia mentre distruggeva lettere e ricordi di quell'uomo ignobile e accompagnarla a passeggio per i vasti prati dove pascolavano i cavalli. Il marito, convalescente, si riposava; e anche lui voleva la compagnia di Scilla, e voleva sentirla raccontare di quando faceva da segretaria a quel deputato; il marito di Valeria s'interessava molto ai deputati, desiderando entrare un giorno nella vita politica; spendeva molti soldi a questo scopo, avaro com'era, e finanziava un giornale di sinistra, perché le destre l'avevano deluso.

Mia madre, in quei giorni che era sola, restò molto in casa; teneva compagnia a Giulia, le giornate s'eran fatte tiepide, e Giulia stava a prendere il sole in giardino; mia madre s'era messa a lavorare a un giubbetto per il bambino di Giulia, in un punto a maglia che le aveva insegnato Scilla, una specie di punto a croce; strano, Scilla aveva la mania delle croci, e da tutto quel che faceva cavava fuori crocette. Mia madre, mentre stava cosí accanto a Giulia, in certi momenti aveva quasi voglia di raccontarle del *Sagittario*: chissà, forse anche Giulia avrebbe acconsentito a lavorare in negozio, le avrebbe tanto giovato un'attività quotidiana. Ma sul punto di parlare si tratteneva; le accomodava il plaid sulle ginocchia, le toglieva dal vestito qualche capello, e tirava una scopola al cagnetto che, per giocare, mordeva a Giulia le gracili braccia, venate d'azzurro.

In una tasca della giacchetta di Giulia, mia madre trovò un giorno una lettera di Barbara. Erano poche righe disordinate, con macchie e cancellature: Barbara scriveva da Catania, e scriveva che le cose non le andavano troppo bene: ma non spiegava perché. Scriveva che aveva una forte nostalgia della sua casa in via Tripoli, di sua madre e di Giulia, e perfino di quei banchi di scuola dove s'era tanto annoiata; e terminava dicendo che la giovinezza era bell'e finita per lei. Mia madre decifrò quelle poche parole scarabocchiate in fretta, con qualche errore d'ortografia, e sul tono dei giornaletti sentimentali che leggono le ragazze; ripose la lettera dentro la busta, e la ricacciò nella tasca di Giulia. Poi si mise il berretto e corse in via Tripoli. Pensava che ora Scilla doveva essere ritornata; e voleva avvertirla subito che a Catania c'era qualcosa che non andava.

Mia madre, leggendo la lettera, aveva sentito un sottile piacere; perché quando a qualcuno le cose gli andavano male, provava un piacere sottile ma nascosto sotto una gran voglia di darsi da fare; e per la strada rimuginava le frasi che avrebbe detto a Scilla, rimproverandola perché quella figlia l'aveva maritata troppo giovane.

Arrivata sulla porta di Scilla, premette il bottone del campanello con forza; e dopo un pezzo, dopo un gran tramestío di sedie smosse e lucchetti, ecco apparire Scilla nel vano della porta. Scilla era in vestaglia, e sembrava tutta assonnata; s'annodava la cintura, e si stringeva sul petto i risvolti di quella vestagliuccia stinta e logora; la fece entrare nella casa che era tutta buia, con le imposte chiuse; la condusse in salotto. Scilla era arrivata da poche ore; non sembrava troppo contenta di vedere mia madre, e si stropicciava le palpebre come se avesse ancora un gran sonno; ascoltò la storia della lettera di Barbara, ma non parve colpita: certo i primi tempi del matrimonio sono sempre difficili, ma Barbara in fondo aveva molto buon senso e pazienza, e Pinuccio era un caro ragazzo; probabilmente s'erano un po' bisticciati, ed ecco Barbara a mandare lettere piagnucolose. A lei erano arrivate lettere di tutt'altra specie; e molte cartoline da Napoli, da Pompei e da Capri, dove Barbara s'era comprata un paio di pantaloni da pescatore. Disse mia madre che Barbara non doveva star bene in pantaloni, perché aveva il sedere troppo grosso; Scilla si offese, e disse che non era grosso per niente, e Barbara aveva le stesse misure di Ava Gardner. Scilla disse a mia madre di andarsene, perché adesso voleva mettersi a pulire bene la casa; voleva lavare i vetri e dare la cera, e sbattere i materassi. Mia madre s'alzò per andarsene, anche lei molto offesa; e chiese a Scilla cosa aspettava a pigliarsi quel servitore famoso, parente dell'autista di Valeria.

Mia madre, quando fu di nuovo per la strada, si sentí di pessimo umore: erano le tre del pomeriggio, cominciava a far caldo, e lei si trovava cosí per strada senza saper dove andare, con un lungo pomeriggio vuoto davanti a sé. Le era sembrato che Scilla avesse una gran fretta di vederla uscire: e all'ultimo quasi l'aveva spinta verso la porta. E le era sembrato che nella casa, oltre a loro, ci fosse qualcun altro: ma non avrebbe saputo spiegare il perché di questa sensazione.

Dopo aver gironzolato un poco, entrò in un cinematografo: davano un film di cacce africane, a colori; e lei rimase a guardare, nella sala semivuota, mandrie e mandrie di bufali su sconfinati orizzonti color rosso fuoco; non c'era intreccio, non succedeva niente, si vedevano solo bufali, bisonti e elefanti; senza intreccio lei si annoiava, e poi non riusciva a staccare il pensiero da quelle stanze in penombra, dove Scilla s'aggirava stringendosi nella sua vestaglietta; e l'aveva proprio spinta alla porta, e aveva richiuso girando il lucchetto con uno scatto irritato. E quando lei gli aveva detto della lettera di Barbara aveva appena ascoltato, come se ora non avesse piú voglia di pensare a Barbara, e di stare in pena. Uscendo dal cinema, mia madre vide esposti all'ingresso i cartelloni di un film con Ava Gardner, di prossima programmazione; e guardando il sedere di Ava Gardner, uguale di misura a quello di Barbara, soffiò con disprezzo.

Venne poi a cercare di me; io avevo una lezione, e

restò ad aspettare, seduta in poltrona con l'edizione pomeridiana del giornale, che avessi finito. Di tanto in tanto lanciava commenti sui fatti politici che stava leggendo; e chiedeva l'approvazione della mia allieva, una studentessa delle magistrali, pallida pallida e sempre un po' sbalordita. Quando la mia allieva se ne fu andata, mia madre cercò di convincermi a venire con lei al caffè: ma avevo da studiare e rifiutai. Allora si offese molto con me; e mi chiese cosa speravo di ottenere a studiare tanto, perché quando avessi preso la laurea cosa speravo, sarei finita a insegnare in qualche grigia scuola, di faccia a tante ragazze sbalordite e pallide, come quella che era andata via ora. No, disse mia madre infilandosi i guanti, non era mica stata una buona idea la mia di studiar lettere, avrei fatto meglio a prendere chimica o legge; perché da piccina sembravo tanto dotata per lo scrivere, e invece poi non avevo scritto piú nulla. Oppure avrei potuto studiare medicina; perché adesso ci sono tante donne che fanno le dottoresse e le ricercano molto, ancor di piú degli uomini, dato che tante signore non vogliono lasciarsi visitare da un medico uomo: e del resto anche i medici uomini guadagnano bene, escluso quell'impiastro di Chaim. Ero anch'io arrabbiata, e per dispetto le chiesi cosa aspettava a metter su lo studio per Chaim; rispose che non ci pensava nemmeno, anzi aveva tutt'altro per la testa, e se ne andò sbattendo la porta. Ma dopo un attimo tornò indietro, col pretesto che aveva dimenticato il foulard: lo trovai su una sedia, glielo porsi, e le dissi per rabbonirla che era un foulard molto grazioso: allora di colpo decise di regalarmelo, perché lei di foulards ne aveva tanti, ne aveva per i poveri della parrocchia; e me lo annodò attorno al collo. M'abbracciò e mi chiese scusa per avermi trattato male, e mi disse che ero la sua sola consolazione: almeno io parlavo un poco, e invece Giulia stava sempre zitta. Giulia passava giorni e giorni senza spiccicare una sillaba; e non era nemmeno gentile col marito, non lo guardava e non gli parlava, e scostava il ginocchio quando lui vi posava la mano. Non era un matrimonio felice: e tante volte per una donna, disse mia madre, forse è meglio non sposarsi affatto piuttosto che scegliersi un marito che poi non piace; e mi disse che io dovevo pensarci bene prima di sposarmi, e dovevo consigliarmi a lungo con lei, perché invece Giulia non le aveva domandato nulla. Non avevo qualcuno? Scossi forte la testa, guardando altrove con la fronte aggrottata; e lei allora subito cambiò discorso, nel timore di irritarmi di nuovo. Per una donna, disse, forse la cosa importante è avere un'attività. Mi chiese notizie della mia amica, che si era sposata ed era in viaggio di nozze, e mi chiese se era felice con quell'ingegnere dalle orecchie; e mi chiese se ero proprio decisa a volermene restare sola in quell'alloggetto.

Avevo messo a bollire in cucina un po' d'acqua con un dado, per farmi una minestrina; era questa la mia cena, chiese mia madre, senza un uovo, né una fetta di carne? Avevo, dissi, della frutta cotta e del formaggio; ma non era contenta, le sembrava poco, e mi chiese se non facevo economia sul mangiare: perché il mangiare, disse, era l'unica cosa su cui non si doveva risparmiare. Le assicurai che non mi facevo mancare nulla; ma volle ad ogni costo lasciarmi diecimila lire, cosí mi potevo comprare qualche sciocchezza che mi piaceva.

Poi si mise ad esaminare i miei vestiti: avevo finalmente smesso il maglione da operaia sovietica, e portavo un abito a quadretti: mica brutto, disse mia madre, ma un pochino da orfana. Mi raccontò del film
che aveva visto, coi bisonti e i bufali; s'era annoiata
ma si vedevano bei paesaggi; e disse che io e lei, forse piú tardi, se le riusciva una certa cosa, avremmo
potuto viaggiare e magari andare anche in Africa, fare qualche bella crociera d'estate. Piú tardi, se le riusciva una certa cosa; e rideva tutta fra sé. Aveva un
gran desiderio di vedere un po' di mondo fuori d'Ita-
lia. Per la crociera, disse, ci saremmo fatte fare, io e lei,
qualche bel tailleur di tela bianca: e un ometto che lei
conosceva le aveva offerto parecchi metri d'una tela
bianca ruvida, un po' spugnosa, che costava soltanto
cinquecento lire al metro ed era una vera occasione.
Se ne andò, e mentre la guardavo dalla finestra allontanarsi sulla piazzetta, con la borsa dondolante sul
fianco e col suo passo baldanzoso, io sapevo che si
immaginava sdraiata sul ponte di una nave, con gli
occhiali neri e con un tailleur di tela bianca spugnosa,
a sfogliare riviste e a conversare col capitano.

La sera, Scilla telefonò a mia madre e le disse che
riguardo al locale, il proprietario acconsentiva a ce-
derlo ma esigeva il versamento immediato di cinque
milioni; e il resto della somma potevano pagarla a
rate mensili di settantamila lire. Scilla sembrava allegra, e sembrava aver dimenticato quel loro incontro del pomeriggio, che si era svolto in modo cosí ge-
lido: e anche mia madre immediatamente dimenticò.
Siccome c'eran presenti Giulia e la piccola Costanza,

mia madre non poteva rispondere che a monosillabi; e fissò a Scilla un appuntamento per l'indomani.

S'incontrarono al solito caffè. Questa volta Scilla era arrivata per prima; ed era molto seccata per aver dovuto aspettare. Pareva di nuovo di malumore, aveva i calamari sotto gli occhi, e la sua pelle color creta era tirata e rugosa; stava male, disse, e al solito in quei giorni alla tenuta di Valeria aveva mangiato troppo. Trangugiò una pastiglia con un bicchiere d'acqua minerale; e disse a mia madre di ordinare in fretta qualcosa, non la granita con panna perché lei non aveva voglia di sentirne nemmeno l'odore. Ma la panna, disse mia madre, non ha mica odore.

Occorrevano, disse Scilla, subito cinque milioni; non c'era un minuto da perdere, perché il proprietario aveva urgenza di questa somma, e aveva avuto anche un'altra offerta; i cinque milioni, disse, li avrebbe versati mia madre, e lei poi le avrebbe restituito metà della somma non appena avesse venduto le sue Incet; ma non poteva venderle quel giorno, perché erano a quota bassa e ci avrebbe perso; le Italgas invece si vendevano bene. Tese a mia madre il giornale con le quotazioni di borsa; e mia madre scorse con gli occhi una colonna di cifre; e annuí con la testa in silenzio, ma in verità non aveva capito nulla, perché non se ne intendeva.

Poi mia madre andò a telefonare al suo agente di cambio, chiedendogli se poteva versarle la somma in denaro liquido quella stessa mattina; e telefonò a casa che non l'aspettassero per pranzo, perché avrebbe pranzato da Scilla e non sarebbe tornata che la sera.

Dall'agente di cambio entrò sola; e Scilla rimase ad aspettarla fuori sul corso, seduta su una panchina al sole, perché quel giorno aveva molto freddo. Mia madre si trattenne a lungo là dentro, c'era molta gente e la fecero sostare in anticamera; e lei si sentiva molto eccitata e nervosa e non faceva che fumare. Infine, con cinque milioni chiusi in una busta gialla e riposti nel fondo della sua vecchia borsetta di cuoio grasso, stringendo ben forte la borsetta sotto l'ascella sudata, mia madre tornò a riprendere Scilla sulla panchina.

E ora, disse Scilla, sarebbero andate a casa sua, per mangiare un boccone e riposarsi un poco. Di là avrebbero avvertito Gilberto e Crovetto, che la somma c'era e ne informassero il proprietario; e insieme col proprietario sarebbero andate dal notaio, per la stesura del contratto.

Per andare a casa di Scilla, presero un taxi; e nel taxi mia madre guardava, socchiudendo la borsa, quella busta gialla stretta in un elastico, accanto al suo pettinino e al suo portacipria di lacca rossa. Mia madre ora sentiva una voglia convulsa di ridere; ma Scilla era sempre di malumore, rimpiattata in un angolo della macchina, e si copriva il mento col bavero della giacca, seguitando a ripetere che sentiva un gran freddo: aveva i brividi, aveva forse qualche linea di febbre, e adesso appena a casa si metteva il termometro. Il taxi volle pagarlo mia madre, perché, disse, con tutti quei soldi, si sentiva ricchissima, ricca come il signor Bonaventura; e Scilla non insistette, e scomparve a telefonare dentro la panetteria.

Salirono ed aspettarono, affacciate al balcone, che

arrivasse Gilberto. La busta coi denari, Scilla l'aveva chiusa nel cassetto del suo comò; consegnò la chiave a mia madre, perché lei era tanto sventata e temeva di perderla. Per pranzo, Scilla fece friggere per mia madre una braciola di carne; lei non prese che un po' di cicoria bollita e una tazza di caffè nero. La braciola era saporita, ma un po' troppo cotta; a mia madre piaceva la carne al sangue, ma Scilla, mentre faceva friggere la braciola nel tegamino, s'era messa a stirarsi una sottoveste e cosí s'era distratta. Mangiarono in cucina, senza tovaglia, scostando un poco la coperta da stiro; e Scilla aveva anche una bottiglia di Barolo, che le aveva regalato Crovetto; e ne versò un gran bicchiere a mia madre, ma lei non ne prese, perché non toccava Barolo da tanti anni.

Accesero una sigaretta e se ne andarono sul balcone a fumare. E mia madre d'un tratto ricordò che Scilla doveva misurarsi la febbre; ma Scilla disse che ora si sentiva bene. Tuttavia era pallida, molto nervosa, e non faceva che arrotolarsi la cintura e abbottonare e sbottonare i bottoni del suo abito di gabardine: un abito di gabardine color fieno, identico al colore della sua zazzera. Mia madre disse che anche lei si sentiva nervosa; ed era giusto, perché stavano per compiere un passo importante: e appena avessero avuto il contratto in tasca, si sarebbero sentite subito bene. Stavano appoggiate alla ringhiera, nel tiepido sole: e mia madre disse che forse da vecchie, potevano mettersi insieme e ritirarsi in qualche paesino della riviera: quei paesini dove vanno a finire le vecchie signore, per risparmiare e per godersi l'aria marina. Scilla disse che davvero sarebbe stata una bella cosa: e forse finalmente da vecchia lei avrebbe avuto una vita tranquilla, e se lo meritava perché ne aveva passate tante, mia madre non immaginava nemmeno quante ne aveva passate; peccato, non aveva mai avuto fortuna, il suo cattivo destino l'aveva sempre sbattuta qua e là. Mentre aspettavano, il tempo passava; sul balconcino non c'era piú sole, e Scilla adesso aveva di nuovo freddo; e mia madre, a forza di guardare giú nella strada da quel vertiginoso balconcino, si sentiva girare la testa. Allora Scilla le disse di andare a stendersi un poco sul letto; e mia madre si tolse le scarpe e si distese sul letto di Scilla, sotto una trapunta di raso color pervinca, e con accanto una fotografia di Barbara a sette anni, nell'abito bianco della prima comunione.

Mia madre si sentiva le palpebre pesanti, e un cerchio di piombo alla testa; e pensò che forse quel vino le aveva fatto male. Vedeva Scilla accovacciata ai suoi piedi, e le pareva sempre piú piccola; sempre piú piccola e sempre piú lontana, faccia di creta e zazzera di fieno svaporante nell'aria; poi s'accorse che Scilla chiudeva le imposte, e la copriva bene fino al collo con la trapunta di raso; e voleva dirle grazie, ma riuscí soltanto a carezzarle il vestito con una mano divenuta inerte; e poi si sentí precipitare lontano, al fondo d'una acqua buia dove non le importava piú nulla.

Al suo risveglio, mia madre sul primo momento non ricordava dov'era. Ma vedendo la trapunta color pervinca, ricordò a poco a poco. S'alzò al buio, cercando a tentoni le scarpe sullo scendiletto; e si diede a chiamare Scilla, riallacciandosi l'abito e ravviandosi i capelli arruffati. Ancora sentiva quel cerchio alla testa, le gambe pesanti; e gridò a Scilla che le aveva fatto male quel suo vino: di sicuro non era vino schietto.

Non le giunse risposta. Allora uscí nel corridoio, chiamando sempre; e le venne in mente che forse Scilla era scesa a telefonare. Nelle stanze, le imposte erano chiuse; ma la finestra di cucina era aperta, e mia madre vide che di fuori era notte. Guardò l'orologio, segnava le dieci; mio Dio quanto aveva dormito, disse mia madre, aveva dormito quasi otto ore. E pensò che forse Scilla era scesa a telefonare a casa sua, che lei non sarebbe rientrata; e pensò che la cosa dal notaio era stata rimandata a domani: e per questo l'avevano lasciata dormire tranquilla.

Accese la luce nella saletta da pranzo: e vide carte e spaghi per terra e un gran disordine tutt'in giro. E tornando nella stanza da letto, vide che l'armadio dove Scilla teneva i suoi vestiti era vuoto e socchiuso, e la fotografia di Barbara era scomparsa; e anzi erano scomparse dalle pareti tutte le fotografie. Allora si mise a cercare nella sua borsa, convulsamente, la chiave del comò che Scilla aveva consegnato a lei: rovesciò la borsa sul letto, si sparpagliarono sulla trapunta il pettinino e il fazzoletto e il portacipria e il suo notes di indirizzi: non c'era piú la chiave. Mia madre corse al comò: stava là nell'angolo accanto alla finestra, e sopra vi era posato un vasetto con una pianta grassa: e piante grasse portano scarogna.

Ed ecco, infilata nella serratura del primo cassetto, quella piccola chiave. Mia madre spalancò tutti i cassetti, ed erano vuoti: vuoto il primo, quello dove Scilla aveva riposto la busta con i denari: vuoti gli altri.

C'era soltanto, al fondo del primo cassetto, un paio di calze di seta annodate e una sdrucita camiciola rosa.

Allora tutto fu chiaro. Sollevando il capo, mia madre vide riflesso nello specchio il suo viso: un viso solcato e gonfio, cosparso di chiazze rosse. Fece il giro di tutte le stanze: dalla credenza mancavano le posate e c'erano soltanto i piatti; lo stanzino dove stavano i quadri era vuoto; nella stanza da bagno, si vedeva appesa ad un gancio la vestaglietta logora. In cucina c'era sul tavolo una scodella con un po' di cicoria già cotta, una pallottola verde; e un gambo di sedano in un bicchiere.

Era stata truffata: era stata ingannata e presa in trappola, come tanta povera gente di cui si legge nelle crónache dei giornali. Scilla aveva calcolato ogni cosa: l'aveva condotta con sé e le aveva messo del sonnifero nel vino; e mentre lei dormiva del suo sonno profondo, era scappata con i suoi denari. Aveva portato via da quell'alloggio tutto quanto le apparteneva: non i mobili, che erano del padrone di casa. E a lei non aveva lasciato nulla: solo due calze vecchie, e una pallottola di cicoria.

Mia madre sedette in cucina, al tavolo, e cominciò a singhiozzare; e singhiozzando si sbatteva la collana sul petto, e si premeva sulle labbra il palmo della mano tremante; e i singhiozzi scoppiavano forte dal fondo del suo cuore, strappandole in cuore una pietà di se stessa che non aveva nessuna dolcezza, una pietà desolata e buia come la notte. Mia madre non aveva piú voglia di rivedere Giulia, né me, né Chaim: e non aveva voglia di fare piú nulla.

Ma d'un tratto la prese un tal disgusto di quella ca-

sa vuota, di quella cucina e di quella cicoria, che affer-
rò il suo berretto e la borsa e scappò via nelle scale. Il
portone s'apriva dall'interno; mia madre uscí nel cortile, e andò a bussare alla porta della materassaia, da
cui filtrava una striscia di luce; quella casa non aveva portiere, e faceva un po' da portiera la materassaia. Mentre aspettava che la materassaia le aprisse,
mia madre s'asciugò le lagrime con le dita sul viso,
si ravviò i capelli; ed ecco la materassaia stupita, un
po' seccata perché stava per coricarsi. Mia madre le
chiese se per caso la signora Fontana, partendo, non
aveva lasciato detto nulla per lei. No, disse la materassaia, non aveva lasciato detto nulla; l'aveva avver-
tita che lei era di sopra, e che si sarebbe forse trattenuta per un giorno o due; aveva fatto venire un taxi,
perché aveva tre grosse valigie; aveva detto che tornava presto, non le aveva lasciato indirizzo, la posta
l'aveva pregata di ritirarla e tenerla con sé; e le aveva
lasciato un mazzo di chiavi dell'appartamento, per o-
gni eventualità.

Singhiozzando, mia madre ritornò a casa; fece tutta
la strada a piedi, perché non voleva prendere il tram,
non voleva esser vista a singhiozzare; e non voleva
nemmeno pigliare il taxi, perché ormai si sentiva povera, povera; e del resto aveva pochi spiccioli nella
borsa. Cosí percorse a piedi l'intera città; e ogni tanto s'appoggiava al muro e singhiozzava, ma se qualcuno si fermava a guardarla si rincamminava; e stringeva forte la borsa con quei pochi spiccioli, perché
adesso aveva paura che tutti volessero derubarla. Non
aveva le chiavi di casa: e suonò al cancello.

Dopo un pezzo, venne Carmela ad aprire, mezzo

addormentata e col soprabito sulla camicia da notte: Chaim e Giulia, le disse Carmela, erano a dormire da parecchio; non l'aspettavano per quella sera, perché la signora Fontana aveva telefonato nel pomeriggio, che se ne andavano tutt'e due in gita e non tornavano che l'indomani. Mia madre disse a Carmela di svegliare Chaim.

Poi mia madre, quando fu nella sua stanza, si buttò sul letto a gridare; ed ecco ora tutti intorno a lei, Chaim, Giulia, la piccola Costanza e Carmela. Mia madre pianse e gridò per tutta la notte; e voleva raccontare ogni cosa, ma balbettava e tremava e nessuno capiva nulla. Chaim le faceva delle iniezioni calmanti; e le faceva bere, sostenendole il capo, un'acqua amara che lei non voleva.

Andarono, Chaim e mia madre, in questura di primo mattino; perché infine Chaim era riuscito ad afferrare qualcosa tra le sue rotte parole. In questura mia madre venne a sapere che il nome vero di Scilla era Grossi Antonietta; e che lei e Gilberto s'erano già trovati implicati in una storia di cambiali false, parecchi anni prima. Il commissario, molto poco gentile con mia madre, le disse che non sperasse di riavere mai quei denari; la denuncia poteva sempre farla, ma non esistevano prove che li avesse mai consegnati; e le disse che con tutti i suoi capelli grigi, s'era comportata col giudizio d'un bambino di quattro anni.

Risultò poi che la signora Grossi Antonietta, in compagnia del marito e d'un altro individuo dal basco nero, aveva preso il treno per Ventimiglia: avevano passato la frontiera e adesso vai a pescarli. Accompagnati da un poliziotto, mia madre e Chaim andarono all'agenzia Pacini; venne fuori la solita bionda, e li introdusse nel solito salottino: ricordava, sí, vagamente, di aver già visto mia madre; ma lí da loro ci veniva sempre una tal folla di persone. Suo marito mancava dalla città da piú di tre mesi; conoscevano, sí, vagamente, un certo Gilberto, e anche il suo amico Crovetto, al quale anzi avevano prestato dei soldi; non possedevano nessun locale da vendere sull'angolo di via Monteverdi: ma lei del resto degli affari del marito non sapeva nulla. Mia madre allora ebbe una crisi isterica; e Chaim dovette chiamare un taxi e riportarla a casa.

Risultò che il vero proprietario di quel locale era un grossista, il quale non si sognava di venderlo e forse ci metteva una birreria. E risultò che la signora Grossi Antonietta, o Priscilla Fontana, era in debito col suo padrone di casa in via Tripoli di molti mesi di affitto; e aveva lasciato vari altri debiti in giro, dal panettiere, dal lattaio e dal macellaio: e mia madre pensò che neppure quella braciola che le aveva offerto, a quel loro pranzetto in cucina, neppure la braciola Scilla l'aveva pagata. E il padrone di casa, dietro un'indicazione della materassaia, venne da mia madre a piangere miseria, e voleva che mia madre pagasse il debito della sua amica: perché la materassaia gli aveva detto che erano molto amiche Scilla e mia madre, si vedevano sempre insieme e anzi forse erano mezze cugine.

Io venni ad abitare per un po' con mia madre. Ma lei non sembrava gradire la mia compagnia; e nemmeno quella di Giulia. Se ne stava chiusa nella sua stanza, piangeva e fumava, e scriveva una lettera dopo l'altra con la sua calligrafia lunga e stretta, in cui le T avevano un trattino che occupava la riga intera: e scriveva a Barbara, a Pinuccio, ai genitori di Pinuccio di cui Giulia sapeva l'indirizzo, e anche al marito notaio della cugina Teresa, ma pregandolo di non riferire nulla agli altri parenti. L'unico a risponderle era il notaio; da quegli altri, nemmeno una parola. Non era piú andata al negozio delle sue sorelle, e il solo pensiero di quei vasellami le dava la nausea; e non aveva nessuna voglia di stare con le sue sorelle, che tuttavia venivano qualche volta a trovarla, e la commiseravano scuotendo il capo. Nutriva ormai una piena sfiducia, e anche un sordo odio, verso i commissariati di questura: e in questura non voleva tornarci mai piú a nessun costo. Di tutte le persone di cui Scilla le aveva parlato, non ricordava che nomi di battesimo; soltanto di Valeria le aveva detto il cognome: Lubrani; Valeria, se esisteva, di cognome si chiamava forse Lubrani. Sull'elenco telefonico, di Lubrani ce n'erano sei o sette; ma mia madre ricordò che Scilla le aveva detto una volta che Valeria abitava nei pressi della chiesa di San Matteo. C'era sull'elenco un Lubrani che abitava in via Roma, poco lontano dalla chiesa di San Matteo; e d'un tratto mia madre decise di andarvi. Allora, per la prima volta dopo tanti giorni, si vestí con cura: e s'appuntò all'occhiello del suo tailleur nero, dopo qualche incertezza, la spilla di strass.

Si trovò davanti a una villetta signorile, con un giardino ricoperto di ghiaia e una vasca con lo zampillo; e le venne ad aprire un cameriere in giacca bianca, al quale mia madre chiese di vedere la signora Valeria, ma non la conosceva, era solo per un'informazione; il cameriere la fece attendere in anticamera, e mia madre per qualche minuto rimase a contemplare una pittura giapponese, con rami di mandorlo e uccelli; infine il cameriere la introdusse in uno studio tappezzato di scaffali. Su una poltrona di cuoio, con un abito nero e una volpe buttata su una spalla, stava una signora con una gran bazza, che lavorava svelta all'uncinetto. Era Valeria.

Valeria indicò a mia madre un'altra poltrona di cuoio: e mia madre sedette, slacciandosi la sciarpa sul collo per far vedere la spilla di strass; e chiese a Valeria con voce bassa, indecisa e tremante, se conosceva forse la signora Scilla Fontana. Valeria per un attimo aggrottò la fronte, non sembrava ricordare: ma poi ricordò. Scilla Fontana, in via Tripoli, quella donnina che faceva le camicette? Sí, faceva delle camicette graziose, con un ricamo tanto delicato: ma la vista le si era indebolita negli ultimi tempi, e l'ultima camicetta che le aveva fatto aveva il collettino un po' storto: e lei non c'era ritornata piú. Ma non capiva bene che cosa desiderasse mia madre: e se gradiva un indirizzo per camicette, lei poteva fornirgliene un altro migliore.

Allora mia madre giunse le mani e cominciò a raccontare. Aveva raccontato la sua storia dinanzi ai visi sgomenti di Giulia e di Chaim; e dinanzi alla grinta ironica d'un commissario di questura; e adesso la raccontava a questa Valeria dalla bazza lunga. Aveva troppo sofferto: e doveva parlare. Anzi non poteva piú parlare di nessun'altra cosa.

Lisciandosi la bazza e carezzando la coda della sua volpe, Valeria ascoltò. Infine ruppe a ridere: una risata schietta e fresca, non priva di un poco di simpatia. Ma subito trangugiò la risata, con una mossa brusca della sua bazza; come una gru che inghiotte un pesciolino.

Batté sul ginocchio a mia madre la sua larga mano ossuta, dalle nocche sporgenti: e si chinò un poco verso di lei, e mia madre, sentí il suo profumo, che Scilla aveva chiamato *cœur de lilas*. No, disse Valeria, non aveva nessuna tenuta, da nessuna parte; aveva, sí, una casetta a Pallanza: non ci aveva mai portato Scilla, e anzi non credeva d'avergliene mai parlato. Lei e Scilla, le poche volte che s'erano viste, avevano parlato di camicette: camicette, e nient'altro. E quanto a suo marito, era direttore d'un archivio storico; non si occupava di politica, e non montava a cavallo da piú di vent'anni.

Valeria ricondusse mia madre fino alla porta d'entrata. Spalancando le mani, disse che era molto spiacente di non poterla aiutare: perché di questa Scilla Fontana non sapeva proprio nulla. Purtroppo si trovano tante persone cattive, che ci provano gusto a intrappolare il prossimo; e adesso ripensandoci s'accorgeva che Scilla le era sempre sembrata una donnina un po' strana, con qualcosa di un po' sospetto; e una volta che era stata a casa sua per ordinarle una camicetta, aveva dimenticato là il suo ombrello, un ombrello di quelli che si piegano e si mettono in borsa; o almeno era convinta d'averlo dimenticato là. Ma Scilla poi aveva negato di averlo trovato; e lei si era detta che forse l'aveva perduto altrove. Ora pensava invece che la Scilla se l'era tenuto: si vede che rubava anche gli ombrelli. Era forse un po' matta.

Dopo quella visita a Valeria, passarono giorni e giorni senza che mia madre uscisse di casa; ora non scriveva piú lettere, e nemmeno piangeva; e la schietta risata di Valeria le tintinnava a volte nelle orecchie. Quella risata la mortificava, e tuttavia era salubre per la sua anima: perché mia madre ora non voleva piú che nessuno ridesse di lei. Sedeva assorta, sulla poltrona accanto alla finestra, e guardava i treni che fuggivano con un sibilo; e ora lavorava all'uncinetto, come aveva visto fare a Valeria: faceva all'uncinetto una coperta per il bambino di Giulia: tanto per muovere un poco le mani.

A volte si sorprendeva a cullare, nel fondo della sua anima, il sogno d'una lunga amicizia con Valeria, e d'un futuro d'imprese comuni in quello studio tappezzato di scaffali; ma si staccava subito da questo sogno, lo sentiva come arido e stopposo, senza gioia, senza nutrimento; e pensava che lei ormai era vecchia, e la vita non le avrebbe dato piú nulla.

Poi riprese ad uscire un poco. Ma ogni angolo, ogni punto della città portava qualche ricordo di Scilla: qui era il caffè dove sedevano sempre, là era la chiesa dove s'era sposata Barbara; qui il parrucchiere dove s'erano conosciute, e là un cinema dov'erano state insieme. Dappertutto s'era aggirato il paltoncino chiaro, la zazzera color fieno s'era scompigliata al vento; a mia madre pareva lontanissimo il tempo in cui quella zazzera sventolava accanto alla sua spalla; lontanissimo come il tempo della gioia negli anni della sfortuna, come i giochi dell'infanzia quando siamo in punto di morte. Era stato un tempo felice, eppure lei doveva cancellarlo dalla memoria; perché non le aveva portato che ombre e cenere. E le ombre e la cenere non possono lasciare rimpianti.

Poi un mattino, venne Jozek a portarci un giornale dove si vedevano in grande le fotografie di Pinuccio e di Barbara; e il giornale diceva che all'Albergo del Passeggero a Catania, Pinuccio Scardillo aveva sparato alla sua giovane moglie Barbara Scardillo nata Grossi, di anni diciannove, proveniente dalla nostra città; le aveva sparato per motivi d'onore, dopo una scenata violenta che aveva fatto uscire in corridoio tutti i clienti dell'albergo; e qualcuno era accorso per strappargli di mano la pistola, ma non aveva fatto a tempo e Pinuccio aveva sparato: e Barbara era stata colpita a un polmone. Era morta.

Allora Giulia si mise a gridare. Gridò a lungo, a lungo; e Carmela che era in fondo al giardino, corse dentro credendo che partorisse. Era orribile vederla mentre gridava cosí: stava stretta contro la parete, e si premeva le mani alle tempie; e fissava gli occhi nel vuoto, là dove forse vedeva fiammeggiare la coda di cavallo.

Chaim era già andato in ospedale; e io m'attaccai al telefono e finalmente gli potei parlare: e gli dissi di tornare subito a casa. Ma quando arrivò Chaim, Giulia s'era calmata; stava sul letto, con le gambe ravvolte nel plaid, e si lamentava appena appena; e mia madre le teneva la mano, e le metteva sulla fronte delle pezzuole fredde. Era l'unica cosa che le era venuto in testa di fare: questo, e dire a Jozek di andarsene via dai piedi con quei suoi giornalacci.

Un giorno, qualche tempo dopo, mia madre sedeva al caffè e sorseggiava una bibita fresca: perché adesso la granita con la panna non la poteva piú sopportare. E le sembrò di vedere in lontananza, sul corso, una zazzeretta color fieno e un abituccio nero: e credette di riconoscere Scilla vestita a lutto, con gli occhi miopi che scrutavano incerti, e con un passo lento e strascicato nella polvere del viale. Mia madre voleva balzare in piedi, e inseguirla; ma sentí subito una grande stanchezza, e rimase dov'era. Dopo un attimo, quell'abituccio nero scomparve tra la folla: e mia madre non seppe mai se era davvero Scilla, o un'altra che le rassomigliava. E del resto non le importava piú nulla; e in fondo al suo cuore, là dove sempre s'agitava un odio ribollente e buio, s'accorse con meraviglia che aveva per quella povera zazzera un po' di pietà.

Nell'estate, mentre metteva al mondo il suo bambino, mia sorella Giulia morí. Era estate, un mattino di piena estate. Sul letto ricomposto, Giulia giaceva nell'abito di quando s'era sposata, e aveva le gracili braccia venate d'azzurro incrociate al seno. Con le labbra spianate in un vago sorriso gentile e malinconico, Giulia sembrava dire addio a questa vita che non era stata capace di amare. Nella stanza accanto, in braccio alla cugina Teresa arrivata il giorno prima col pullman, piangeva il bambino di Giulia, rosso rosso, con lunghi e biondi capelli polacchi. La cugina Teresa lo cullava dondolandosi avanti e indietro sulla poltrona, e mia madre, divenuta d'un tratto molto vecchia e sfatta, fissava quell'ignoto bambino con occhi foschi. A me, a Chaim, alla cugina Teresa, a quell'ignoto bambino, mia madre chiedeva in silenzio, con i suoi occhi foschi dove i lampi antichi s'erano smorzati in un velo di lagrime, mia madre in silenzio chiedeva che le restituissimo la sua Giulia. Ma quella che lei voleva era Giulia piccola, col vestito alla marinaia e le calze nere, quando ancora non era apparso sulle sue labbra quel sorriso malinconico e timido. Adesso mia madre capiva il senso di quel sorriso. Era il sorriso di chi vuol essere lasciato in disparte, per ritornare a poco a poco nell'ombra.

Stampato per conto della Casa editrice Einaudi
dalla Fantonigrafica - Elemond Editori Associati

C.L. 41228

Ristampa

5 6 7 8 9 10 11 12

Anno

91 92 93 94 95 96 97